田南君 著

讀寓言・學古文 高階

# 序言

顧名思義，「讀寓言·學古文」是一套三冊的文言寓言集。通過閱讀歷代寓言名篇，同學不但能學會各種文言知識，更能了解古人和今人價值觀的相似之處，從而做到知古鑒今。

筆者一向認為，學習古詩文，不只是為了應付讀書考試，更是為了了解古人的言行、思想、智慧和價值觀，與現今有哪些相似之處：孝順父母、兄弟同心、慎於交友、謹言慎行、臨危不亂、知恩圖報、虛心納諫、信守承諾、廉潔守法⋯⋯只是因為這些作品年代久遠，用詞、句式和語法跟今天的不一樣，因而被奉為古董束之高閣，把我們和古人分隔開了。

因此，本書所收錄的文章以篇幅短小者為主，內容上不求艱澀，以免讓同學對文言學習敬而遠之。同時，配上適量的漫畫、筆者的深情隨筆，力求消除文言閱讀在同學心目中「事不關己」的印象。

「讀寓言·學古文」系列共分為初階、中階、高階三冊，初階適合小六至中一的同學；中階適合中一至中二的同學；高階適合中二至中三的同學。

每冊收錄四十篇文言寓言故事，並按寓意分為八個章節，涵蓋生活上不同範疇，令所選篇章更「貼地」。每章先以漫畫作為切入點，讓同學易於掌握，以便更好理解往後的各篇課文。


每篇課文的體例均一，細述如下：

1. 前　　言：以生活、故事作切入，初步介紹課文內容。
2. 原　　文：展示文章內容（部分篇章會因應該課所學的文言知識略
　　　　　　作改寫），並就篇中難字提供粵語讀音及注釋；同時以色
　　　　　　底白字標示該課的文言知識。

3. 文言知識：涵蓋字詞、句式、體裁等不同範疇，配以不同例子和圖
　　　　　　表，深入淺出講解各種文言知識。

4. 導　　讀：講解課文的背景資料及內容大要。

5. 談　美　德：是筆者的深情隨筆，就課文所延伸的價值觀或美德，或
　　　　　　抒發筆者的感受，或道出更多值得大家警惕的故事，讓
　　　　　　讀者知古鑒今。

6. 文章理解：考核同學對該課課文內容、文言知識和價值觀的理解程
　　　　　　度，題量適中、題型多元。

7. 答　案　冊：展示每課課文的語譯、練習答案及解題。

8. 知識一覽：以表格形式分門別類地列出全書各冊所教授的文言知
　　　　　　識，一目了然，易於翻查。


　　希望這套「讀寓言‧學古文」系列能夠一改讀者對文言閱讀的看法，
明白到這些篇章是前人留給我們的遺產，可以作為我們待人接物、行事處
世的借鑒。


　　　　　　　　　　　　　　　　　　　　　　　　田南君
　　　　　　　　　　　　　　　　　　　　　　辛丑牛年開學前夕

# 目 錄

# 第1章

## 蝜蝂傳

蝜蝂者，善負小蟲也。行遇物，輒持取，卬其首負之。

背愈重，雖困劇不止也。

又好上高，極其力不已……

……至墜地死。

# 律己

蜘蛛善於背負重物，可是一旦貪心起來，

就會不斷把重物背負在身上，

最終因體力不支而墮地至死。

**人類又何嘗不像蜘蛛那樣？**

「進取」固然是幫助我們創造成果的因素，

可是一旦不能律己，

「進取」就會變質成「貪婪」，

使我們毫無節制地貪多務得，

最終只會自食惡果。

本章的五個故事：

〈晉平公七十而學〉、〈訓儉示康〉、〈兩次還金〉、

〈李白嗜酒〉和〈蜘蛛傳〉，

將會從正、反兩面出發，

讓讀者明白到「不律己」的嚴重性，

輕則影響仕途，重則危害生命。

# 1 晉平公七十而學

香港有句俗語：「有心唔怕遲，年初七都可以拜年。」意指農曆新年即使快完結，可是只要有心，一樣都可以到親友家裏拜年。

其實，何止是拜年？只要有決心，那麼做任何事情都不受時間限制。曹操在〈步出夏門行．龜雖壽〉裏說：「烈士暮年，壯心不已。」只要有心，那麼即使是踏入了人生的黃昏，一樣可以滿懷雄心壯志。就好像課文裏的晉平公那樣，雖然年紀老大，體力、精神稍遜於人，可是一樣可以「活到老，學到老」。

原文　西漢．劉向《說苑．建本》

晉平公 ❶ 問於師曠 ❷ 曰：「吾年七十欲學，恐已暮矣。」師曠曰：「何不炳燭 ❸ 乎？」平公曰：「安有為人臣而戲其君乎？」師曠曰：「盲臣安敢戲其君乎？臣聞之，少而好學，如日出之陽；壯而好學，如日中之光；老而好學，如炳燭之明。炳燭之明，孰與昧行【昧】見「文言知識」乎？」平公曰：「善哉！」

**注釋**

❶ 晉平公：春秋後期的晉國君主，姓姬，名彪。

❷ 師曠：晉國樂師，善於彈琴。據說師曠天生就沒有眼珠，雙耳卻非常靈敏，因而對音律有深厚認識，故此下文師曠以「盲臣」自稱。

❸ 燭：火把、火炬。據文獻記載，蠟燭要到東漢時才出現，故此本故事中的「燭」並不是指蠟燭。

**文言知識**

## 「孰與……」句式

「孰與」是一個固定詞，有多個不同的意思。

第一個意思是「何如」，多用於反問句，意思相當於「倒不如」。譬如《荀子・天論》裏有這句：「從天而頌之，孰與制天命而用之！」意思是：聽從上天、歌頌上天，倒不如反過來控制和利用它。

第二個意思是「與誰人」，當中「孰」是疑問代詞，解作「誰人」。譬如《春秋公羊傳・宣公十五年》有這句：「子去我而歸，吾孰與處於此？」就是說：你離我而去，那麼我還可以與誰人留在這裏？」

第三個意思是「……與／跟……，哪一個更／較……？」當中「孰」也是疑問代詞，卻是解作「哪一個」。在〈鄒忌諷齊王納諫〉（上）（見本叢書《初階》）中，鄒忌這樣問妻子：「我孰與城北徐公美？」鄒忌想知道自己跟都城北面的徐公哪一個較英俊。

那麼大家知道本課「炳燭之明，孰與昧行乎？」這句，應該怎樣語譯嗎？

〈晉平公七十而學〉出自劉向編訂的《說苑》。「說」是「故事」,「苑」是「聚集」;簡單來說,「說苑」就是「故事集」。劉向收集了春秋、戰國至漢代的故事,加以整理,藉此反映他的哲學思想、政治理想及倫理觀念。

本文記述晉平公跟樂師師曠傾訴,說有意學習音樂,可是自己年事已高,擔心已經太遲。師曠天生失明,卻依然可以彈得一手好琴。既然如此,那麼耳目健全的晉平公還需要擔心甚麼?

師曠於是以燃點火把為喻:火把的燭光雖然微弱,可是總比摸黑走路為好。同樣,晉平公雖然到老才學習音樂,不一定能達致極高的造詣,可是總比自憐自歎、甚麼也不做為好。

# 好 學 不 倦

臺灣有一位高齡九十一歲的老婆婆,成為了高雄市立空中大學年紀最大的畢業生。

這位老婆婆叫沈黃秋桂,曾經在日本讀小學,可是搬回臺灣後,日語就逐漸生疏了。直到沈婆婆八十歲時,她的女兒沈秀珠想到空中大學報讀日語,於是帶同母親一起報名。

由於經歷多次身體不適,沈婆婆結果花了十二年才完成四年的課程。不過,沈婆婆多年來都不曾放棄,反而好學不倦,上課從不打瞌睡,其他年紀小的同學看到,也不好意思偷懶了,只好認真上課。

孔子說:「生而知之者,上也;學而知之者,次也。」當中「生而知之者」是指天生就懂得某種知識,是第一等學生;然而,筆者一直認為,真正的第一等學生反而是「學而知之者」——像沈婆婆一樣,活到老、學到老的人。如果我們以為離開學校就是「脫苦海」,不肯終身學習,那麼就只能被時代巨輪淘汰了。

**文章理解**

1. 試解釋以下文句中的粗體字，並把答案寫在橫線上。

   (i)　何不**炳**燭乎？　　　　　　　　　　**炳**：＿＿＿＿＿＿

   (ii)　**安**有為人臣而戲其君乎？　　　　　**安**：＿＿＿＿＿＿

2. 試根據文意，把以下文句語譯為語體文。

   炳燭之明，孰與昧行乎？

   ＿＿＿＿＿＿＿＿＿＿＿＿＿＿＿＿＿＿＿＿＿＿＿＿＿＿＿＿＿

3. 晉平公打算做甚麼事情？可是同時又有甚麼憂慮？

   ＿＿＿＿＿＿＿＿＿＿＿＿＿＿＿＿＿＿＿＿＿＿＿＿＿＿＿＿＿

4. 師曠用甚麼來比喻人生不同時期的好學？請填寫下列表格。

| 人生時期 | | 喻體 |
|---|---|---|
| i. | | ii. |
| iii. | 就像 | iv. |
| v. | | vi. |

5. 承上題，上述喻體背後有着甚麼含意？試抒己見。

   (i)　＿＿＿＿＿＿＿＿＿＿＿＿＿＿＿＿＿＿＿＿＿＿＿＿＿＿

   (ii)　＿＿＿＿＿＿＿＿＿＿＿＿＿＿＿＿＿＿＿＿＿＿＿＿＿＿

   (iii)　＿＿＿＿＿＿＿＿＿＿＿＿＿＿＿＿＿＿＿＿＿＿＿＿＿

   ＿＿＿＿＿＿＿＿＿＿＿＿＿＿＿＿＿＿＿＿＿＿＿＿＿＿＿＿＿

# 2

# 李白嗜酒

　　酒能怡情，也能傷身 —— 只視乎喝酒的程度。就像本課課文裏的<u>李白</u>，終日與酒為伴，結果把朝廷的正經事都拋諸腦後。<u>唐玄宗</u>欣賞<u>李白</u>，不管<u>李白</u>如何放肆也置之不理，其他大臣自然不敢有微言；可是一人之下、萬人之上的<u>高力士</u>並非善男信女，酒醉後的<u>李白</u>竟然要求他為自己脫靴，大家想想<u>李白</u>會有甚麼後果？

**原文**　據<u>五代</u>·<u>後晉</u>·<u>劉昫</u>《<u>舊唐書</u>·<u>卷二百</u>》略作改寫

　　<u>李白</u>少有逸❶才，志氣宏放，飄然❷有超世之心，與<u>魯中</u>諸生<u>孔巢父</u>、<u>韓沔</u>【沔】、<u>裴政</u>【陪】、<u>張叔明</u>、<u>陶沔</u>等隱於<u>徂徠山</u>【曹】【含】，酣歌縱酒，時號「<u>竹溪六逸</u>」。

　　<u>天寶</u>初，客遊【於】<u>會稽</u>（見「文言知識」），與道士<u>吳筠</u>隱於<u>剡中</u>【贍 sim6】。既而<u>玄宗</u>詔<u>筠</u>赴京師，<u>筠</u>薦之於朝，遣使召之，與<u>筠</u>俱待詔翰林❸。<u>白</u>既嗜酒，日與飲徒醉於酒肆。<u>玄宗</u>度曲，欲造樂府❹新詞，亟召<u>白</u>【激】，<u>白</u>已臥於酒肆矣。

　　召入，以水灑面，頃之，6A.【　　】筆成十餘章，帝頗嘉之。嘗沉醉 6B.【　　】殿上，引足令<u>高力士</u>脫靴，由是斥❺去。乃浪跡 6C.【　　】江湖，終日沉飲。

**注釋**

❶ 逸：出眾。

❷ 飄然：灑脫不羈。

❸ 翰林：唐代官職名稱，是皇帝的文學侍從官，為皇帝寫文作詩。因為要隨時聽候皇帝詔令入宮，因此有時會在前面加上「待詔」二字。

❹ 樂府：古代詩歌體裁，一般是先作曲，後填上歌詞。

❺ 斥：罷免官職。

**文言知識**

## 介詞省略

　　介詞，一般與名詞或代詞結合，表示事情的地點、方法、對象、依據。而介詞省略，就是指文言文中的介詞會被省略。例如課文第二段開首說：

原句：| 客遊 | 【於】 | 會稽 | ➡ 省略：| 客遊 | 會稽 |

　　這句原作「客遊【於】會稽」，「客遊」解作「寄居」。為了使句子簡潔、緊湊，作者於是將表示位置的介詞「於」省略，寫作「客遊會稽」。同時，這個句子出現了「狀語後置」的情況，表示事情發生地點的狀語從動詞「客遊」的前面，移動到後面。語譯時，不但要在「會稽」前補回「於」，同時要將狀語「於會稽」搬回「客遊」的前面，語譯作「（李白）到會稽寄居」。

　　此外，表示利用、運用工具的介詞「以」也經常被省略。譬如〈殺駝破甕〉（見本叢書《中階》）裏，駱駝主人聽從老人的建議，「以刀斬其頭」，把卡在甕裏的駱駝頭斬下來。由於該文每四個字為一句，作者於是將句中表示利用的介詞「以」省略，寫成「刀斬其頭」。

五代時，後晉人劉昫編寫了記述唐代歷史的《唐書》，可是由於內容上多有錯誤，甚至為了避諱而故意漏寫部分歷史，宋仁宗於是下令歐陽修等人另行編修《唐書》。為了區別二者，後人於是把前者稱為《舊唐書》，後者稱為《新唐書》。

本課出自《舊唐書》，記述李白沉溺喝酒的事跡。李白嗜酒，世人皆知。在入京前，灑脫不羈的李白就已經跟友人隱居山林，終日與酒為伴。入京後，原本想有一番作為的他，卻絲毫改不掉酗酒的壞習慣：不但繼續在酒舖裏喝得天昏地暗，就連唐玄宗的詔令也視之如無物，後來更倚仗唐玄宗的信任，竟然要權臣高力士為自己脫下靴子，下場可想而知。

關於李白之死，有人說他「飲酒過度，醉死於宣城」（《舊唐書‧文苑傳下》），亦有人說他「乘酒捉月，沉水中」（《唐才子傳》）。酒，適度地喝可以增進才情，過量就只會變為自己的催命符了。

## 適可而止

提到因為飲酒而毀了仕途的才子，除了李白，還有曹植。據《三國志‧陳思王植傳》記載，曹植「年十餘歲，誦讀詩、論及辭賦數十萬言……任性而行，不自彫勵，飲酒不節」。曹植雖然有才華，卻因為經常酗酒，令大家越來越討厭他。

有一次，曹操的堂弟曹仁被關羽圍困，曹操馬上封曹植為將，準備營救曹仁，怎料曹植臨陣飲酒大醉，結果曹操「悔而罷之」。後來曹丕登位，曹植返回封地，然而酒性難改，甚至「醉酒悖慢，劫脅使者」，終於被貶爵位。

凡事皆應該有尺度，要適可而止。酒，輕斟淺酌，能夠怡情；可是大飲卻能亂性，甚至傷身、喪命，讓自己抱憾終身。

**文章理解**

1. 試解釋以下文句中的粗體字，並把答案寫在橫線上。

   (i)　**酣**歌縱酒。　　　　　　　　酣：＿＿＿＿＿＿＿

   (ii)　帝頗**嘉**之。　　　　　　　　嘉：＿＿＿＿＿＿＿

   (iii) **終日**沉飲。　　　　　　　終日：＿＿＿＿＿＿＿

2. 試根據文意，把以下文句語譯為語體文。

   白既嗜酒，日與飲徒醉於酒肆。

   ＿＿＿＿＿＿＿＿＿＿＿＿＿＿＿＿＿＿＿＿＿＿＿＿＿

3. 何以見得李白「飄然有超世之心」？請舉出其中一例。

   ＿＿＿＿＿＿＿＿＿＿＿＿＿＿＿＿＿＿＿＿＿＿＿＿＿

   ＿＿＿＿＿＿＿＿＿＿＿＿＿＿＿＿＿＿＿＿＿＿＿＿＿

4. 為甚麼唐玄宗要「亟召白」？

   ＿＿＿＿＿＿＿＿＿＿＿＿＿＿＿＿＿＿＿＿＿＿＿＿＿

   ＿＿＿＿＿＿＿＿＿＿＿＿＿＿＿＿＿＿＿＿＿＿＿＿＿

5. 文中哪兩件事反映出李白「目中無人」的一面？

   (i)　＿＿＿＿＿＿＿＿＿＿＿＿＿＿＿＿＿＿＿＿＿＿

   (ii)　＿＿＿＿＿＿＿＿＿＿＿＿＿＿＿＿＿＿＿＿＿＿

6. 請在【　　　】的位置補回適當的介詞。

7. 根據文中李白的事跡，可以領會甚麼道理？試抒己見。

   ＿＿＿＿＿＿＿＿＿＿＿＿＿＿＿＿＿＿＿＿＿＿＿＿＿

# 3 訓儉示康（節錄）

隨着商品經濟的發展，北宋百姓的生活變得越來越富裕，在衣食住行等範疇也越來越講究，結果衍生出許多社會問題，包括奢侈和揮霍。在古代，如果當政者不加以正視這些問題，就足以動搖國家根基，非同小可。司馬光因而撰寫了這篇〈訓儉示康〉，希望他的兒子司馬康以至族內其他子姪以此作為鑒戒，從自己做起，盡力遏止奢侈、揮霍的歪風蔓延開去。

**原文** 北宋 · 司馬光

近歲風俗尤為侈靡【始眉】❶，走卒衣士服，農夫躡絲履。吾記天聖❷中，先公❸為羣牧判官❹，客至未嘗不置酒，或三行❺【衡】、五行，多不過七行。酒酤【孤】於市，果止於梨、栗、棗、柿之類；肴止於脯醢【餔】❻【苦海】、菜羹，器用瓷漆。當時士大夫家皆然❼，人不相非【索】也。會數而禮勤，物薄而情厚。

見「文言知識」

近日士大夫家，酒非內法【見「文言知識」】❽，果、肴非遠方珍異，食非多品，器皿非滿案，不敢會賓友，常數月營聚，然後敢發書。苟【狗】或不然，人爭非之，以為鄙吝【癮】❾。故不隨俗靡者蓋鮮矣。嗟乎！風俗頹敝如是，居位者雖不能禁，忍助之乎？

## 注釋

❶ 侈靡：奢侈。

❷ 天聖：北宋 仁宗的年號。

❸ 先公：已故的父親。這裏指司馬光的父親司馬池。

❹ 羣牧判官：官名，是羣牧司（負責公家馬匹的機構）的副官。

❺ 行：表示敬酒次數的量詞，可以理解為「輪」。

❻ 脯醢：肉乾和肉醬。

❼ 然：這樣。

❽ 內法：這裏指官家釀製。

❾ 鄙吝：見識淺薄、吝嗇錢財。

## 文言知識

# 詞 性 活 用

又稱為「詞類活用」，指部分詞語的詞性，會因應特定的語言環境而作出臨時的改變。

【一】名詞、形容詞、動詞的互用

「酤」本解作「酒」，是名詞；可是在課文第一段「酒酤於市」這句裏，卻臨時活用做動詞，解作「買酒」。

「聖」本指「聖明」，是形容詞；可是在韓愈〈師說〉的「聖益聖」這句裏，前者卻臨時活用為名詞，解作「聖人」。

【二】數詞作動詞

「一」表示事物數量，是數詞；在歐陽修〈豐樂亭記〉「四海一」這句裏，卻臨時活用作動詞，解作「統一」，指天下（四海）歸於一個政權。

【三】名詞作狀語

「日」可以解作「一天」，是名詞；可是在〈李白嗜酒〉（見頁014）「日與飲徒醉於酒肆」這一句中，卻臨時活用做狀語，解作「每天」，來描述李白「醉於酒肆」的頻率。

司馬光的表字是君實，意指他能像君子一樣老實。長輩對司馬光的家教如此嚴謹，想必司馬光長大後對待後輩也是如此。的確，司馬光就曾給兒子司馬康寫成〈訓儉示康〉這篇文章，告誡他要崇尚節儉。

本課節錄自原文的第二、三段，司馬光對比了士大夫置酒宴客的今昔態度。在司馬光父親司馬池生前的時代，士大夫舉行宴會，食物、酒水、器皿都非常簡樸，因為士大夫們相聚，所在乎的是「情」，而不是「物」。

可是到了司馬光這一輩，士大夫大多崇尚奢侈。置辦酒席，食物、酒水、器皿一定要追求上乘，否則就會受到批評。看到這種情況，司馬光感到十分痛心，因而給「居位者」代言說：「忍助之乎？」

## 節 儉

幾年前，一項債務調查發現，香港有近三分一的年輕人身負債務，每人平均欠款額竟然高達三萬七千元！

導致這種情況，是因為信用卡變得越來越普及。不少年輕人一旦申請了信用卡，就沾染了「先使未來錢」的惡習：月初發薪金了，就瘋狂購物；薪金花光了，就用信用卡支付；不過，錢總是要還的，既然薪金已經花光了，那麼錢從何來？便是來自林立的私人貸款公司。

近年來，許多私人貸款公司以聲色俱備的廣告，招徠年輕顧客。年輕人清還不了卡數，就向私人貸款公司借錢，然而單是歸還利息，有時就比本金更高。一旦債務「爆煲」，欠債人輕則宣告破產，重則自殺輕生以逃避債主。

我們固然不鼓勵過度節儉，過苦行僧式的生活；可是只有適當的節儉，才可以避免奢侈，避免揮霍，避免走上破產和輕生的不歸路。

**文章理解**

1. 試解釋以下文句中的粗體字，並把答案寫在橫線上。

   (i) 農夫**躡**絲履。　　　　　　　　　　躡：＿＿＿＿＿＿＿

   (ii) 酒**非**內法。　　　　　　　　　　　非：＿＿＿＿＿＿＿

   (iii) 人不相**非**也。　　　　　　　　　　非：＿＿＿＿＿＿＿

2. 試根據文意，把以下文句語譯為語體文。

   故不隨俗靡者蓋鮮矣。

   ＿＿＿＿＿＿＿＿＿＿＿＿＿＿＿＿＿＿＿＿＿＿＿＿＿＿＿＿＿＿

3. 根據文章內容，用自己的文字寫出士大夫置辦酒席的情況。

   |  | 昔日 | | 近日 |
   | --- | --- | --- | --- |
   | 食物 | i. | | iii. |
   | | ii. | | 種類一定要繁多 |
   | 酒水 | 只是市集購買 | | iv. |
   | v. | 只是用瓷器、漆器 | | vi. |

4. 為甚麼昔日士大夫置辦酒席崇尚簡樸？請從原文摘錄相關句子，並略作說明。

   (i) 原文：｜　｜　｜　｜　｜　｜　，｜　｜　｜　｜　｜　｜

   (ii) 說明：＿＿＿＿＿＿＿＿＿＿＿＿＿＿＿＿＿＿＿＿＿＿＿＿＿

   ＿＿＿＿＿＿＿＿＿＿＿＿＿＿＿＿＿＿＿＿＿＿＿＿＿＿＿＿＿＿

5. 士大夫在置辦酒席時不鋪張，就會＿＿＿＿＿＿＿＿＿＿＿＿＿＿＿。

# 蝜蝂傳

蝜蝂，是一種有趣的昆蟲，一看見身邊的東西，不論是樹枝葉子，還是動物屍體，牠都會背在身上。日子久了，背負的東西越來越重，蝜蝂的力氣就越來越微，卻依然貪得無厭地把東西背在身上，最終因失足而墮地致死。

昆蟲界有蝜蝂，至於人類世界，古往今來，也有一些貪得無厭之人，貪錢、貪名、貪權、貪威、貪勝，最終導致身敗名裂，甚至走上死亡之路。

**原文**　唐・柳宗元

【負版】
蝜蝂者，善負小蟲也。行遇物，輒持取，卬其首負之。背愈重，雖困劇不止也。其背甚澀 ❶，物積因不散，卒躓仆 ❷ 不能起。人或憐之，為去其負。苟能行，又持取如故。又好上高，極其力不已，至墜地死。

今世之嗜取者，遇貨不避，以厚其室 ❸，不知為己累也，唯恐其不積。及其怠 ❹ 而躓也，黜棄 ❺ 之，遷徙 ❻ 之，亦已病 ❼ 矣。苟能起，又不艾 ❽。日思高其位，大其祿，而貪取滋甚，以近於危墜，觀前之死亡不知戒。雖其形魁然大者也，其名 ❾ 人也，而智則小蟲也。亦足哀夫！

**注釋**

❶ 澀：粗糙。

❷ 躓仆：跌倒。

❸ 室：財產。

❹ 怠：這裏指「事敗」。

❺ 黜棄：罷免官職。

❻ 遷徙：流放到外地。

❼ 病：痛苦。

❽ 艾：戒除。

❾ 名：名義。

**文言知識**

## 文 言 連 詞 （ 一 ）

本課會講解轉折複句和假設複句常見的連詞。

**轉折複句**：表示後句的意思與前句所預期的結果相反。常見的連詞有：雖（解作「雖然」）；則、然、而、然而（解作「可是」）。例如〈囫圇吞棗〉（見本叢書《中階》）有這一句：

原文：梨 雖 （齒） 益 齒 而 （脾） 損 脾。

譯文：梨子雖然對牙齒有益 ，可是對脾臟有害 。

--------

**假設複句**：表示假設的情況和對應的結果。常見連詞有：如、若、苟、使、向使（解作「如果」）；則（解作「就」、「那麼」）。例如課文第一段有這句：

原文：苟 能 行 ， 又 持取如故 。

譯文：如果還能夠爬行，那又會像之前那樣，拿起重物。

還有一種假設複句，前句假設出現某種情況，後句卻是跟假設情況不對應的結果。「雖」是這種複句常見的連詞，意思相當於「即使」、「就算」、「縱使」等。譬如〈虎與人〉（見頁 052）有這句：

原文：雖 猛 不必 勝 。

譯文：即使老虎非常兇猛，也不一定勝利。

蝜蝂，是傳聞中的一種小蟲，能夠用背脊「負」載重物，因此稱為「蝜」；也有說蝜蝂是「草蛉」的幼蟲——蚜獅。為了避開敵人，蚜獅會將植物的碎屑背負在背脊，以達到偽裝的效果。

不論是真實存在還是傳聞中的動物，「蝜蝂」絕對不是柳宗元這篇〈蝜蝂傳〉的主角，柳宗元只是想借蝜蝂的故事，來諷刺那些貪戀權位的朝中小人。

蝜蝂善於負載重物，卻同時毫不節制：一旦遇上重物，就要據為己有，放在背脊上。結果蝜蝂的身體越來越沉重，步伐也越來越緩慢，更因而跌倒。蝜蝂卻不甘心，等體力恢復了，又會繼續背負重物，而且越走越高，最終用盡力氣，從高處墮地而死——其實，柳宗元眼中的那些小人不就是這樣嗎？

## 知 足 常 樂

拿破崙 · 波拿巴（法語：Napoléon Bonaparte）被國民擁戴為帝，積極向外擴張：佔領意大利和德意志地區，擊敗奧地利，控制西班牙等地，連英國也被迫稱臣。唯獨俄國不買拿破崙的賬，不肯一起制裁英國。為了報復，拿破崙在 1812 年 6 月入侵俄國，卻成為了帝國步向滅亡的轉捩點。

戰爭初期，法國的軍力一度遙遙領先。可是由於輕視俄國民眾一致對外的決心；加上法軍深入俄國腹地後，遇上寒冬，彈盡糧絕、軍心不穩，結果被俄國反攻。侵略俄國不足半年，拿破崙便悻然退兵，而這時法國的國力已經大不如前了。

侵俄失敗後，歐洲多國乘機組成「反法同盟」，向拿破崙發動多場戰爭，把法國逼向牆角；直到 1814 年 4 月，拿破崙終於走到窮途末路，只好無條件投降。

如果拿破崙懂得「貪勝不知輸」的道理，不佔領歐洲各國，不制裁英國，也不挑釁俄國，那麼，以他的政治魅力，也許真的可以成為「法國人的皇帝」（法語：Empereur des Français）呢。

文章理解

1. 試解釋以下文句中的粗體字，並把答案寫在橫線上。

   (i)   **卬**其首負之。                          卬：＿＿＿＿＿＿

   (ii)  為**去**其負。                            去：＿＿＿＿＿＿

   (iii) 亦**足**哀夫！                            足：＿＿＿＿＿＿

2. 試根據文意，把以下文句語譯為語體文。

   背愈重，雖困劇不止也。

   ＿＿＿＿＿＿＿＿＿＿＿＿＿＿＿＿＿＿＿＿＿＿＿＿＿＿＿＿＿＿

3. 根據文章內容，把原文句子填寫在下列表格內。

| 蝜蝂 | | 嗜取者 |
|---|---|---|
| 行遇物，輒持取 | | i. |
| ii | 猶如 | 怠而躓也 |
| 苟能行，又持取如故 | | iii. |
| iv. | | 日思高其位 |

4. 蝜蝂和嗜取者的結局有甚麼相似的地方？

   ＿＿＿＿＿＿＿＿＿＿＿＿＿＿＿＿＿＿＿＿＿＿＿＿＿＿＿＿＿＿

   ＿＿＿＿＿＿＿＿＿＿＿＿＿＿＿＿＿＿＿＿＿＿＿＿＿＿＿＿＿＿

5. 文末，柳宗元怎樣評價「嗜取者」？請用自己的文字說明。

   ＿＿＿＿＿＿＿＿＿＿＿＿＿＿＿＿＿＿＿＿＿＿＿＿＿＿＿＿＿＿

   ＿＿＿＿＿＿＿＿＿＿＿＿＿＿＿＿＿＿＿＿＿＿＿＿＿＿＿＿＿＿

# 5

# 兩次還金

在路上發現了別人丟失的財物，譬如金錢、手機等，相信很多人都會選擇路不拾遺，交給警方處理。可是當再次遇上相同的事時，你又會怎樣選擇？是一如以往的不為所動，還是悄悄地據為己有？不如先看看本課課文的主角 —— 同樣面對兩次金錢引誘的何嶽，是怎樣作決定的吧。

**原文** 據明・周暉《金陵瑣事・卷一》略作改寫

秀才何嶽〔岳〕，號畏齋。【畏齋】見「文言知識」曾夜行拾得銀貳百餘兩，不敢與家人言之，恐勸令留金也。3A.【　　　】次早攜至拾銀處，見一人尋。至問其銀數與封識❶，皆合，遂以還之。欲分數金為謝，畏齋曰：「拾金而人不知，皆我物也，我尚棄之。何利此數金乎？」其人感謝而去。

又曾教書於宦官❷家，宦官有事入京，寄一箱於畏齋，中有數百金，3B.【　　　】曰：「俟〔字〕❸他日來取去。」數年絕無音信。聞其姪以❹他事南來，非取箱也，因託 3C.【　　　】以寄去。

**注釋**

❶ 封識：封條的標記。

❷ 宦官：這裏泛指官吏。

❸ 俟：等待。

❹ 以：因為。

**文言知識**

## 主 語 省 略

　　主語，是句子裏的主角；而主語省略，就是指句中主語會因為前、後文的內容而省略，可以分為三類。

　　第一是承前省，是指前後文的主語相同，後句中的主語因而省略。譬如本課第一句就介紹何嶽的名字和別號，當中的主語是「何嶽」；第二句「曾夜行拾得銀貳百餘兩」中的主語一樣是「何嶽」，為使文章更簡潔，作者於是把主語「何嶽」省略。

　　第二是對話省，是根據對話的發言次序，來省略說話者的身份。〈「不為」與「不能」〉（見頁 116）記述了孟子和梁惠王的對話。第一句的「不為也，非不能也」是孟子說的；緊接的「不為者與不能者之形何以異？」這疑問是梁惠王提出的。換言之，下一句「挾太山以超北海」這句，就是孟子給梁惠王的回答。語譯時，要把主語「孟子」補回。

　　還有一種較少見的，叫做「蒙後省」，是指後文將出現有關主語，前文因而先行省略。譬如《史記・項羽本紀》裏有這句：「又聞沛公已破咸陽，項羽大怒。」前、後兩句的主語都是「項羽」，按理應當寫作「項羽又聞沛公已破咸陽，大怒」；司馬遷卻把主語「項羽」放在後句，前句則先行將主語省略。因此語譯時最好把主語調回前句。

《金陵瑣事》是一本有關金陵（今南京）的掌故筆記，由明代的周暉撰寫。周暉是南京人。這本書上涉國朝典故、名人佳話，下及街談巷議、民風瑣聞，當中有關海瑞當官、倭寇入侵南京的內容，更可以補足正史缺漏，足見其價值。

〈兩次還金〉記述讀書人何嶽兩次不為錢財引誘的經歷。有一次，何嶽在路上發現一箱白銀，他不但沒有據為己有，反而把白銀帶回現場，全數交還給失主，甚至連失主所給的報酬也不肯收下。

後來，何嶽在一位官員的家中教書。這位官員有事上京，於是把一箱黃金寄存在何嶽家中。時間一年一年的過去，何嶽卻不曾偷去半點黃金，待那官員的侄子來南京時，才託他幫忙交回。

何嶽能夠抵得住誘惑，拾金不昧，因此周暉這樣稱讚他：「此其過（超越）人（常人）也遠矣。」

# 路 不 拾 遺

粵語有句俗語：「地上執到寶，問天問地攞唔到。」撇除會被鬼魂附身的迷信思想不說，「天降橫財」不一定是好事，有時甚至會讓自己惹禍上身。

2018年平安夜，一輛運載過億元現金的解款車，駛經告士打道時，車廂的左側門自行打開，兩個載滿五百元鈔票的膠箱墮地爆裂，共三千五百萬港元的鈔票漫天飛舞，鋪滿一地。

當時，不少途人和駕駛人士都以為是「天降橫財」，於是紛紛停下來，順手牽羊。經點算後，警方證實有一千五百萬港元被偷去，並揚言拾遺不報等同盜竊，呼籲市民歸還有關款項。

不少市民知道非同小可，因而將執拾到的錢交還警方，可是為時已晚，他們都被檢控，部分人更被裁定盜竊罪成，被判入獄。

有許多人認為「路不拾遺」的人十分愚蠢，可是因此而招致牢獄之災，那才是天下間最愚蠢的事呢！

文章理解

1. 試解釋以下文句中的粗體字,並把答案寫在橫線上。

(i) 至問其銀數與封識,皆**合**。 　　合:＿＿＿＿＿

(ii) **寄**一箱於畏齋。 　　寄:＿＿＿＿＿

(iii) 因託以**寄**去。 　　寄:＿＿＿＿＿

(iv) 數年**絕**無音信。 　　絕:＿＿＿＿＿

2. 試根據文意,把以下文句語譯為語體文。

欲分數金為謝。

＿＿＿＿＿＿＿＿＿＿＿＿＿＿＿＿＿＿＿＿＿＿＿＿＿＿

3. 根據文章內容,將省略了的內容補回,填在【　　　】裏。

4. 第一段運用了哪些人物描寫手法,來塑造何嶽拾金不昧的形象? 請加以解釋。

(i) ＿＿＿＿＿描寫:＿＿＿＿＿＿＿＿＿＿＿＿＿＿＿＿

＿＿＿＿＿＿＿＿＿＿＿＿＿＿＿＿＿＿＿＿＿＿＿＿＿＿

(ii) ＿＿＿＿＿描寫:＿＿＿＿＿＿＿＿＿＿＿＿＿＿＿＿

＿＿＿＿＿＿＿＿＿＿＿＿＿＿＿＿＿＿＿＿＿＿＿＿＿＿

5. 試根據文章內容,判斷以下陳述。 　　正確　錯誤　無從判斷

(i) 官員請何嶽託管黃金,是想考驗他。 　○　　○　　○

(ii) 官員的侄子來南京,是想取回黃金。 　○　　○　　○

6. 何嶽有哪些值得讚賞的地方?試加以說明。

＿＿＿＿＿＿＿＿＿＿＿＿＿＿＿＿＿＿＿＿＿＿＿＿＿＿

＿＿＿＿＿＿＿＿＿＿＿＿＿＿＿＿＿＿＿＿＿＿＿＿＿＿

# 第 2 章

## 恨鼠焚屋

越西有獨居男子……一旦被酒歸。

始就枕，鼠百故惱之，目不得瞑。

男子怒持火，四焚之。

鼠死廬亦毀……男子曰：「人不可積憾哉！」

# 勇毅

甚麼是「勇」？甚麼是「毅」？

有謀之勇，而非匹夫之勇，是為真「勇」；

尋找真相，拒絕人云亦云，是為真「毅」。

越西男子用火燒死老鼠，卻同時燒毀了屋子，

這只是匹夫之勇，而非有謀之勇；

陸游力排眾議，推翻歷代對「夜半鐘聲」的誤解，

這是尋找真相，而非人云亦云。


〈搔癢〉、〈楚王射獵〉、〈項羽不肯竟學〉、〈恨鼠焚屋〉、

〈齊景公出獵〉、〈虎與人〉和〈「夜半鐘聲」辨〉，

七個故事，七位人物 ——

將從帝王將相，到士子平民，

認識「冷靜行事」、「理性」、「善用智慧」的真「勇」，

以及「專心一志」、「持之以恆」、「明辨是非」的真「毅」。

# 搔癢

　　成語「隔靴搔癢」，意指隔着靴子搔抓癢處，只能是徒勞無功，用來比喻做法不切實際、不能切中要害。

　　同樣，即使用手直接接觸皮膚來搔癢，還必須靠自己去做。要別人代辦，雖然可以省力，人家卻不知道癢處的確切位置，到頭來一樣白費心機。

**原文**　明‧劉元卿《賢奕編‧卷三‧應諧》

　　昔人有癢，【乃】令其子索之，【其子】三索而三弗中。令其妻索之，五索而五弗中也。其人怒曰：「妻子內❶我者，而胡❷難我？」乃自引手一搔而癢絕。何則？癢者，人之所自知也，自知而搔，寧弗中乎？

**注釋**

❶ 內：親近。

❷ 胡：為甚麼。

**文言知識**

# 語 譯 方 法 ： 補

　　語譯六法，是把文言句子通順無誤地語譯成語體文的六種方法。掌握了這六種方法，有助理解篇章，更有助作答語譯題，取得更高分數。我們先講解「補」。

　　顧名思義，「補」就是在語譯時補回原文省略了的字詞。運用這種方法，一般有以下兩個目的：

**（一）補回被省略的句子成分**

　　主語、謂語、賓語、介詞，都是句子的主要成分，一旦省略了，語譯時就必須補回，以免出現歧義。

　　課文開首說：「昔人有癢，令其子索之，三索而三弗中。」三個句子的主語看似都是「父親」，然而第二句「令其子索之」卻告訴我們，第三句「三索而三弗中」的主語是「其子」，因此替父親搔癢的應是兒子。由於第三句省略了主語「其子」，因此語譯時需要補回。我們可以這樣寫：

　　原文：　　　　　三索（三）　　而　三　　弗中　。
　　譯文：他的兒子　找了三次，可是三次都找不到。

---

**（二）補充句意的不足**

　　古詩文有時還會省略量詞、連詞等詞語，雖不至於引起歧義，卻會使句意顯得突兀，因此在語譯時，要補回這些詞語，使句意暢順。譬如剛才「昔人有癢，令其子索之」，兩個句子是帶有承接關係的，可是由於原文省略了相關連詞，因此語譯時需要補回，句意才暢順。我們可以這樣寫：

　　原文：昔　　人　　　　有癢，　　令其　子　索　之　。
　　譯文：從前，有個人身上發癢，於是叫他的兒子尋找癢處。

劉元卿是理學家王陽明的再傳弟子，曾兩度應考科舉，卻都落榜而回，因而絕意功名，回鄉創立復禮書院，研究理學，並收徒講學。

劉元卿有《應諧錄》、《賢奕編》等著作問世，本課〈搔癢〉就是出自後者。《賢奕編》分為十六篇，每篇一個主題，如〈廉淡〉、〈官政〉、〈誌怪〉等，通過若干短小的故事帶出道理。本課出自〈應諧〉，「應諧」就是「對答詼諧」，可見本課應該是一則笑話：

一個父親身上發癢，先後請兒子和妻子代為搔癢，可是始終找不到癢處，最後要他本人親自出馬，才能搔到癢處。無他的，痕癢的位置只有自己才知道，絕對不能假手於人；同樣，自己遇上的難題，又怎能不親自解決呢？

# 事 必 躬 親

李時珍在編寫《本草綱目》時，固然參考了不同的書籍，他卻發現這些書籍的作者，只是把前人的描述搬到自己的著作裏，卻沒有調查清楚各種藥物的外形及生長狀況，有時就連名字和種類也出錯，「或一物析為二三，或二物混為一品」（見《明外史》）。

李時珍認為這樣會使人混淆，繼而採摘了錯誤的中藥，後果可大可小，於是在徒弟龐憲、兒子李建元的伴隨下，遠涉深山曠野，觀察和收集藥物標本，甚至親身服藥來試驗藥效。他還走遍湖北、江西、江蘇、安徽等地，訪尋名醫、漁夫、農夫，了解藥物的性質和特點，因而才能成就這本影響深遠的《本草綱目》。

所謂「事必躬親」，想做好一件事，就一定要親身去做，不能假手於人。試想想，如果李時珍當初沒有親身觀察、服用草藥，而只是靠前人的書本來驗證真偽，那麼即使《本草綱目》真的成書了，他的名字，也只會跟之前的學者一樣，被淹沒在歷史長河裏。

**文章理解**

1. 試解釋以下文句中的粗體字，並把答案寫在橫線上。

    (i)　而胡**難**我？　　　　　　　　　**難**：＿＿＿＿＿＿＿

    (ii)　**寧**弗中乎？　　　　　　　　　**寧**：＿＿＿＿＿＿＿

2. 試根據文意，把以下文句語譯為語體文。

    (i)　令其妻索之。

    ＿＿＿＿＿＿＿＿＿＿＿＿＿＿＿＿＿＿＿＿＿＿＿＿＿＿＿＿

    (ii)　其人怒曰。

    ＿＿＿＿＿＿＿＿＿＿＿＿＿＿＿＿＿＿＿＿＿＿＿＿＿＿＿＿

3. 為甚麼兒子和妻子令父親這麼不悅？

    ＿＿＿＿＿＿＿＿＿＿＿＿＿＿＿＿＿＿＿＿＿＿＿＿＿＿＿＿

4. 承上題，父親對此有甚麼回應？

    ＿＿＿＿＿＿＿＿＿＿＿＿＿＿＿＿＿＿＿＿＿＿＿＿＿＿＿＿

5. 父親最後怎樣解決問題？結果如何？

    ＿＿＿＿＿＿＿＿＿＿＿＿＿＿＿＿＿＿＿＿＿＿＿＿＿＿＿＿

6. 作者想用「搔癢」這個故事帶出甚麼道理？

    ＿＿＿＿＿＿＿＿＿＿＿＿＿＿＿＿＿＿＿＿＿＿＿＿＿＿＿＿

    ＿＿＿＿＿＿＿＿＿＿＿＿＿＿＿＿＿＿＿＿＿＿＿＿＿＿＿＿

7. 下列哪個句子不適用於這篇故事？

    ○ A. 親身下河知深淺。　　　○ B. 隔靴搔癢不實際。

    ○ C. 解鈴還須繫鈴人。　　　○ D. 事非經過不知難。

# 楚王射獵

一箭雙雕，成功的概率微乎其微；一腳踏兩船，更是百分百分手收場。在〈楚王射獵〉這個故事裏，楚王看到左邊有鹿，右邊有麋，更看到空中有天鵝。他想一次過獵取，卻最終甚麼也得不到，為甚麼？是因為一心不能三用啊！

**原文** 據明·劉基《郁離子·卷下·射道》略作改寫

常羊學射於屠龍子朱，屠龍子朱謂 3A.【 　 】曰：「若欲聞射道乎？楚王田 ❶ 於雲夢 ❷，使虞人 ❸ 起禽 ❹ 而射【之】。禽發，鹿出於王左，麋 ❺ 交於王右，王引弓欲射 3B.【 　 】，有鵠 ❻ 拂王旃 ❼ 而過，翼若垂雲，王注矢於弓，不知其 ❽ 所射。養叔 ❾ 進曰：『臣之射也，置一葉於百步之外而射之，十發而十中；如使置十葉焉 ❿，則中不中非臣所能必矣。』」王曰：「何為？」養叔曰：「心不專也。」

（旁註：【如】【見「文言知識」】【微】【鵠】【忽】【旃】【焉】【圍】）

## 注釋

❶ 田：通「畋」，田獵、打獵。

❷ 雲夢：湖泊名稱，位於今天湖北省的江漢平原，是楚王專用的射獵區。

❸ 虞人：主管山澤、田獵的官員。

❹ 禽：本指禽鳥，這裏泛指飛禽走獸。

❺ 麑：幼鹿。

❻ 鵠：體形似雁而較大，俗稱「天鵝」。

❼ 旆：旗幟。

❽ 其：應該。

❾ 養叔：本名養由基，楚國神射手。

❿ 焉：兼詞，由「於」和「此」組成，相當於「在這裏」。

## 文言知識

### 賓語省略

　　賓語省略，是指句子中的賓語，會因為前、後文的內容而省略，可以分為「承前省」和「蒙後省」兩種：

　　承前省，是指前文已經出現了相同的賓語，後文的賓語因而省略。課文開首有「虞人起禽而射」一句，原作「虞人起禽而射【之】」，意指「主管田獵的官員放出所有禽鳥和野獸，然後射獵牠們」。當中「起」是動詞，「禽」是賓語；後文的「射」，是指「射獵禽鳥和野獸」，可是由於前文已經提到「禽」這個賓語，為使行文簡潔，句子於是將「射」後的賓語「禽」省略，語譯時應該補回賓語「牠們」。

　　蒙後省，是指後文將出現有關賓語，前文因而先行省略。〈陳遺至孝〉（見本叢書《初階》）第一段有「歸以遺母」一句，原本寫作「歸【家】以遺母」，意指「陳遺回家後把飯焦送給母親吃」。由於第二段「未及歸家」一句再次出現了「家」這個賓語，為使行文更簡潔，「歸以遺母」這句就先把賓語「家」省略，語譯時同樣要補回賓語「家」。

劉基，字伯溫，是元末明初人，曾經當官，協助朝廷平亂，卻不能施展抱負，後來更被奪去兵權，因而棄官還鄉，發憤著成《郁離子》。

《郁離子》通過百多個歷史及寓言故事，點出治國者必須留意的地方。書中的郁離子，就是劉基的化身。〈楚王射獵〉講述屠龍子朱借楚王射獵的故事，向常羊傳授射箭祕訣：

楚王到雲夢澤打獵，相關官員放出大批飛禽走獸，任由楚王射獵：左邊出現鹿，右邊出現麋，天空更飛過天鵝，可是目標太多，楚王不知道應該射哪一隻才好。神射手養由基因而給楚王進言，他說自己把一塊樹葉放在百步之外，射十次，必中十次；可是如果放置十塊樹葉，那麼他也不能確定能否射中，原因跟楚王的處境一樣：目標太多，心意不專。那麼大家知道屠龍子朱射箭的祕訣是甚麼嗎？

# 專 心 一 志

多年前，香港有調查發現，不少上班族在辦工時間，平均每日花接近 4 小時，瀏覽跟工作無關的網站，多於其他地區的平均 3 小時。

試想想，一件原本只需用一個工作天（每天 8 小時工作）就可以完成的任務，現在變成要兩個工作天（因為每天只工作 4 小時）才可以完成，這樣不是大大減低工作效率嗎？

再者，某些工作是需要動腦筋或靜下心來的，譬如分析問題、校對稿件等，一旦被其他無關痛癢的事物干擾，思路就會被打斷，工作的成效將大打折扣。

其實，何止是上班族？作為學生的大家，做功課或溫習時，也緊記要專心一志，不要被身邊各種各樣的事物引誘。即使真的想上網或稍作休息，也應當在完成某項任務後才進行，否則即使花了許多時間溫習，也是徒勞無功的。

**文章理解**

1. 試解釋以下文句中的粗體字，並把答案寫在橫線上。

    (i)  **若**欲聞射道乎？　　　　　　　若：_____

    (ii) 王**引**弓欲射。　　　　　　　　引：_____

2. 試根據文意，把以下文句語譯為語體文。

    如使置十葉焉。　_____

3. 根據文意，請在【　　　】內補回適當的賓語。

4. 下列哪一句中的「必」字，意思跟另外三個的不同？

    ○ A. 雖猛不必勝。（〈虎與人〉）

    ○ B. 必百計去之。（〈口蜜腹劍〉）

    ○ C. 則中不中非臣所能必矣。（〈楚王射獵〉）

    ○ D. 石必倒擲坎穴中。（〈河中石獸〉（下））

5. 虞人放出各種飛禽走獸後，出現了甚麼情況？

    _____

    _____

6. 楚王跟養叔不能射中目標的原因是甚麼？

    (i)  楚王：_____

    (ii) 養叔：_____

7. 承上題，本文想借楚王的經歷帶出甚麼道理？試以培養興趣為
   例，加以說明。

    _____

    _____

# 項羽不肯竟學

也許大家都讀過作家黃永武的文章〈在錯誤中學習〉。文章將劉邦和項羽作比較，並強調項羽最後之所以失敗，是在於「不知道在錯誤中學習」——覺得自己沒有錯，即使知道自己出錯，也把責任歸咎於他人。

其實，項羽這種性格，早在年少時已經稍露端倪。他學讀書寫字不成，就改學劍術；學劍術不成，就改學兵法。筆者認為他所說的「書足以記名姓而已」、「劍，一人敵，不足學」，都只是藉口而已，相信他是在學習過程中遇上挫折，卻又不肯面對失敗，不肯持之以恆地練習，結果養成了凡事半途而廢的壞習慣。

---

**原文**　據西漢·司馬遷《史記·項羽本紀》略作改寫

　　項籍者，下[商]相人也，字羽。其季父項梁。項籍少時，學書 ❶ 不成，去[許]，學劍，又不成。項梁怒之。籍曰：「書足以記名姓而已。劍，一人敵，不足學，學萬人敵。」於是項梁乃教籍兵法，籍喜甚，略知其意，又不肯竟學。

---

**注釋**

❶ 書：這裏指讀書寫字。

# 倒裝句（一）

　　倒裝句是指句中詞語的原有次序出現對調。倒裝句有多個種類，這一課會講解「賓語前置」和「狀語後置」。

　　賓語位於動詞的後面。在倒裝句裏，賓語會從動詞的後面移到它的前面。

　　譬如在課文裏，項羽說：「劍，一人敵。」當中「一人敵」本寫作「敵一人」，意指「對付一個人」。為了強調賓語（敵人的數量），句子於是將賓語「一人」，從動詞「敵」的後面移到前面。

　　賓語前置倒裝句經常出現於疑問句和否定句。〈墨子責耕柱子〉（見本叢書《初階》）有這個疑問句：「子將誰敺？」這句本寫作「子將敺誰」，意指「你將會鞭策哪一種動物？」為了強調賓語（要鞭策的動物），句子於是把賓語「誰」從動詞「敺」的後面移到前面。

　　又如《論語・衛靈公》有這句：「不病人之不己知也」，當中「不己知」是否定句，本來寫作「不知己」，意指「不理解自己」。為了強調賓語（別人不了解的對象），句子於是把賓語「己」從動詞「知」的後面移到前面。

　　至於狀語，它位於動詞、形容詞的前面，專門修飾動作的情態或形容詞的程度。在倒裝句裏，狀語會移到動詞、形容詞的後面。

　　譬如〈陶母責子〉（見本叢書《中階》）有「其母疑極」這句，本寫作「其母極疑」，當中「極」是狀語，解作「非常」，用來修飾後面的形容詞「疑」。可是為了強調「疑」的程度，句子於是將狀語「極」從「疑」的前面移到後面。

本課節錄自《史記‧項羽本紀》的開首部分，記述項羽年輕時的學習經歷。項羽起初學習讀書寫字，也許讀書寫字太文縐縐，不適合「力拔山兮氣蓋世」的自己，因而改為學劍。不過，學劍術似乎不能成大器，項羽又因而中途放棄，學不成了。

文又學不成，武又學不成，叔父項梁自然生氣。項羽於是辯駁說：「學寫字和學劍術都沒有大用，唯獨學好兵法才是最厲害。」項梁沒辦法，只好把用兵之法授予項羽。可是項羽對兵法略知一二後，就故態復萌了。

本節看似純粹記述項羽的軼事，實際上是暗地批評他做事沒有恆心，更為他日後兵敗不肯東山再起、繼而自殺的結局埋下伏線。

## 持 之 以 恆

達文西（Leonardo da Vinci）是歐洲文藝復興時期最偉大的畫家。他之所以擁有如此成就，應該歸功於他的老師委羅基奧（Verrocchio）。

據說，委羅基奧第一堂只要求達文西畫雞蛋。達文西心想：畫雞蛋，再簡單不過了！果然，他很快就將雞蛋畫好，然後拿給老師看。老師只是點點頭，沒說甚麼。

第二堂，老師繼續請達文西畫雞蛋。到了第三堂、第四堂、第五堂、第六堂，老師還是要求畫雞蛋。達文西終於不耐煩了：「老師，您甚麼技巧都不教我，就只叫我畫蛋。這雞蛋不是長得都一模一樣嗎？為甚麼要花那麼多時間練習？」

委羅基奧回答說：「這雞蛋，從上看，從下看，從近看，從遠看，形態各異，加上不同光線的角度，它都有不同的變化。我要你畫出雞蛋細微的變化，這樣才能鍛練你畫功，這就是你所謂的技巧了。」

達文西聽後，就下定決心，堅持練習，要把雞蛋的不同面貌畫好。經過了三年的苦練，達文西終於學會繪畫的基本功，為日後的成就奠定基礎。其實，不論是學繪畫，還是學文言文，都一定要持之以恆、反覆練習，才可以學有所成。

1. 試解釋以下文句中的粗體字，並把答案寫在橫線上。

   (i)　**其**季父項梁。　　　　　　　　　其：＿＿＿＿＿＿

   (ii)　學書不成，**去**。　　　　　　　去：＿＿＿＿＿＿

2. 試根據文意，把以下文句語譯為語體文。

   於是項梁乃教籍兵法，籍喜甚。

   ＿＿＿＿＿＿＿＿＿＿＿＿＿＿＿＿＿＿＿＿＿＿＿＿＿＿＿

3. 項羽認為學習寫字、劍術和兵法，各有甚麼價值？

   (i)　　學習寫字：＿＿＿＿＿＿＿＿＿＿＿＿＿＿＿＿＿＿

   (ii)　學習劍術：＿＿＿＿＿＿＿＿＿＿＿＿＿＿＿＿＿＿

   (iii)　學習兵法：＿＿＿＿＿＿＿＿＿＿＿＿＿＿＿＿＿＿

4. 文章的結局是怎樣的？

   ＿＿＿＿＿＿＿＿＿＿＿＿＿＿＿＿＿＿＿＿＿＿＿＿＿＿＿

   ＿＿＿＿＿＿＿＿＿＿＿＿＿＿＿＿＿＿＿＿＿＿＿＿＿＿＿

5. 根據文章內容，項羽有哪些性格上的缺點？請略作說明。

   (i)　＿＿＿＿＿＿＿＿＿＿＿＿＿＿＿＿＿＿＿＿＿＿＿＿

   (ii)　＿＿＿＿＿＿＿＿＿＿＿＿＿＿＿＿＿＿＿＿＿＿＿＿

6. 本文的主旨是甚麼？試結合文章內容，加以說明。

   ＿＿＿＿＿＿＿＿＿＿＿＿＿＿＿＿＿＿＿＿＿＿＿＿＿＿＿

   ＿＿＿＿＿＿＿＿＿＿＿＿＿＿＿＿＿＿＿＿＿＿＿＿＿＿＿

# 9 恨鼠焚屋

佛門有所謂「三毒」，那就是我們常常說「貪、嗔、痴」這三種煩惱的總稱。「嗔」讀【親】，也寫作「瞋」，意指因憤怒、厭惡而損害他人，最終鑄成大錯。就像本課的越西男子，家中一向老鼠為患，某晚酒醉的他一時「火遮眼」，結果一把火將所有老鼠燒死，卻不幸連自己的家也燒毀……

**原文** 明·宋濂《龍門子凝道記·尉遲樞第八》

越西有獨居男子，結生茨 ❶ 以為 ❷ 廬【遲】，力耕以為食。久之，菽 ❸【淑】粟鹽酪，具 無仰於人【俱】。嘗患鼠 見「文言知識」，畫則纍纍然行【裏】，夜則鳴嚙至 ❹【熟】旦，男子積憾 ❹ 之。一旦被酒 ❺【披】歸，始就枕，鼠百故 ❻ 惱之，目不得瞑【明】。男子怒持火，四焚之，鼠死廬亦毀。

次日酒解，倀倀 ❼【昌】無所歸 見「文言知識」。龍門子唁之【現】，男子曰：「人不可積憾哉！予初怒鼠甚，見鼠不見廬也。不自知禍至於此，人不可積憾哉！」

**注釋**

❶ 生茨：茅草。

❷ 以為：來（以）作為。

❸ 菽：大豆。

❹ 憾：討厭、怨恨。

❺ 被酒：同「中酒」，喝醉。

❻ 百故：千方百計。

❼ 倀倀：無所適從、彷徨。

# 語 譯 方 法 : 調

作為語譯方法，「調」就是在語譯倒裝句時，把倒裝了的語序調回原本的位置，使之成為通順的語體文。在以下情況，我們都需要用上「調」這種方法：

**(一) 遇上倒裝句**

我們學過四種倒裝句：謂語前置、賓語前置、定語後置、狀語後置。在這些句子中，部分詞語被向前或向後移動，因此語譯時一定要調回適當的位置。

譬如〈項羽不肯竟學〉（見頁 040）有「籍喜甚」一句，當中「甚」是狀語，用來描述前面的形容詞「喜」，解作「非常」。由於「非常」只能用在形容詞的前面，因此語譯這句時，必須把「甚」移回「喜」的前面。我們可以這樣語譯：「項籍（籍）非常（甚）高興（喜）。」

**(二) 遇上特別字詞**

語譯部分字詞時，必須把它們調動到合適位置。譬如「所」這個字，如果用在動詞前面的話，一般解作「……的人物／事物／地方」。

課文第二段有「無所歸」這句，「歸」是動詞，解作「歸去」，當與前面的「所」結合時，就解作「歸去的地方」，故此必須把「的地方（所）」從「歸」的前面移到後面。「無所歸」即「沒有可以歸去的地方」，可以譯作「無家可歸」。

**(三) 語譯後句意不通**

課文第一段說：「嘗患鼠」，當中「患」解作「煩惱」，如果把「患鼠」直接譯作「煩惱老鼠」，句意就會不通。因此可以運用「調」這個語譯方法，再配合前、後文內容，把「患鼠」語譯為「為有老鼠出沒而煩惱」。雖然句子變長了，卻變得通順，這對於理解文章或作答題目，是百利而無一害的。

宋濂是元末明初的文學家及理學家。他經歷多次科舉失敗，眼見元末政局腐敗，於是隱居於浙江的小龍門山，潛心修道著書，寫成了《龍門子凝道記》這本書。

《龍門子凝道記》分為四「符」、八「樞」、十二「微」，共二十四篇，當中「樞」是指從故事裏帶出高深的道理。本課出自〈尉（讀【屈】）遲樞〉，之所以叫做「尉遲」，純粹是因為篇首有「尉遲邱問於龍門子曰」一句，因此以首兩字作為篇名。

本課記述越西男子的家中長期老鼠為患，日子久了，被怨恨蒙蔽了的他，一怒之下就用火燒死老鼠，卻同時連自己的屋子也燒毀了。事後，他為自己的衝動而後悔，並以「不可積憾哉」來告誡他人──不可以累積怨恨。這就是宋濂想帶出的道理：不要被憤怒蒙蔽理智。

## 冷 靜 行 事

明朝末年，亂軍李自成揮軍北京，吳三桂入京勤王，不久李自成攻破北京，明思宗自縊，京城一片混亂。為保大明江山，吳三桂退守山海關，緊守最後防線，與城中的李自成和關外的清兵對峙。

可是與此同時，吳三桂聽説其愛妾陳圓圓被李自成部下擄去，因而「衝冠一怒為紅顏」（語出吳偉業〈圓圓曲〉）：一方面假裝投降，答應與李自成議和；另一方面向關外的多爾袞求助，答應大開山海關之門，與清兵共同消滅李自成。

多爾袞知道時機來了，於是將計就計，趁吳三桂與李自成談判之際，突然入關發動攻擊。在清兵的協助下，吳三桂固然消滅了李自成，卻同時引狼入室，讓清軍得以入主中原，亦因而間接成為了賣國賊。

如果吳三桂能夠冷靜行事，先去查證陳圓圓被擄走的消息，然後另謀對策，而不是衝動地引清兵入關，那麼即使明朝國運最終真的返魂乏術，吳三桂亦不用終身背負着「賣國賊」的罵名了。

文章理解

1. 試解釋以下文句中的粗體字，並把答案寫在橫線上。

   (i) 具無**仰**於人。 仰：＿＿＿＿＿＿

   (ii) 目不得**瞑**。 瞑：＿＿＿＿＿＿

   (iii) 龍門子**唁**之。 唁：＿＿＿＿＿＿

2. 試根據文意，把以下文句語譯為語體文。

   (i) 予初怒鼠甚。 ＿＿＿＿＿＿＿＿＿＿＿

   (ii) 不自知禍至於此。 ＿＿＿＿＿＿＿＿＿＿＿

3. 越西男子怎樣被鼠患困擾？

   (i) ＿＿＿＿＿＿＿＿＿＿＿＿＿＿＿＿

   (ii) ＿＿＿＿＿＿＿＿＿＿＿＿＿＿＿＿

4. 越西男子要燒死老鼠的導火線是甚麼？

   ①長期積怨 ②酒後糊塗 ③出現幻覺 ④不能安睡

   ○ A. ①② ○ B. ②④

   ○ C. ①②④ ○ D. ①③④

5. 課文第二段「見鼠不見廬」所指的是甚麼？

   ＿＿＿＿＿＿＿＿＿＿＿＿＿＿＿＿＿＿＿＿＿＿＿＿

   ＿＿＿＿＿＿＿＿＿＿＿＿＿＿＿＿＿＿＿＿＿＿＿＿

6. 下列哪一個句子中的「之」字，用法跟另外三個的不同？

   ○ A. 四焚之。 ○ B. 男子積憾之。

   ○ C. 鼠百故惱之。 ○ D. 久之，菽粟鹽酪。

# 10

# 齊景公出獵

人類住在城市，猛獸住在深山，本是正常不過的事，所以到深山打獵，遇上老虎、毒蛇等動物，根本不足為奇。然而，齊景公卻誤信民間傳說，說看到老虎和毒蛇便是不祥之兆。其實，大家知道真正的「不祥之兆」到底是甚麼嗎？

**原文** 據《晏子春秋·內篇·諫篇下》略作改寫

景公出獵，上山見虎，下澤見蛇。歸，召晏子而問之曰：「今日寡人出獵，上山則見虎，下澤則見蛇，殆所謂 ❶ 不祥也？」

晏子對曰：「國有三不祥，是不與 ❷ 焉。夫有賢而不知，一不祥；知而不用，二不祥；用而不任，三不祥也。所謂不祥，乃 ❸ 若此者。今上山見虎，虎之室也；下澤見蛇，蛇之穴也。如虎之室，往蛇之穴，而見之，曷為不祥也？」

**注釋**

❶ 所謂：所説的，這裏可以理解為「眾人所説的」。

❷ 不與：沒有關係。

❸ 乃：只是、只不過。

# 表示「疑問」的副詞

副詞，一般用於動詞和形容詞的前面，用來表示事物或事情的程度、發生時間和頻率、牽涉範圍，也可以表示否定及阻止，還有各種語氣，而本課將會介紹表示「疑問」語氣的副詞。

「疑問」的語氣可細分為「推測」和「反問」兩種。

表示「推測」語氣的副詞包括：或、殆、豈、其，意思相當於「大概」、「恐怕」、「或許」，表示不肯定之意，有時會出現於疑問句中，以強調語氣。

譬如課文第一段，景公外出打獵時遇上老虎和蛇，因而想到民間傳說 —— 遇上老虎和蛇是不吉利的事。景公對此不肯定，於是回宮後問晏子說：

原文：　殆　　　　所謂　不祥　　　也？

譯文：這大概是眾人所說的不吉利的事吧？

當中「殆」解作「大概」，意指景公對於「遇上老虎和蛇是不吉利的事」這傳說半信半疑，因而作出推測。

─────────────────────────────

表示「反問」語氣的副詞包括：豈、寧、安、何、獨、其、庸、曷、得、得無、不亦，意思相當於「難道」、「怎麼」、「不是」，都帶有反詰、質問的語氣。譬如：

原文：豈　　　荀巨伯所行　　　邪？（〈荀巨伯遠看友人疾〉）

譯文：難道是我荀巨伯所做的事嗎？

原文：其　　　真　無　馬　　　邪？（〈馬說〉）

譯文：難道世上真的沒有千里馬嗎？

原文：不亦　　　顛　乎？（〈河中石獸〉（上））

譯文：不是十分瘋癲嗎？

晏子原名晏嬰，是春秋時代後期齊國的宰相，輔助過靈公、莊公和景公三位君主。《史記·齊世家》説齊景公「好治宮室，聚狗馬，奢侈，厚賦重刑」，不過幸好得到晏嬰的輔助，齊國局勢才顯得相對穩定。

晏嬰認為君主不但要愛民，更要信任大臣。在本課裏，齊景公外出打獵，遇上老虎和蛇，因而問晏子是否不祥之兆。晏子不但加以否定，更表示國家真正的不祥，是君主忽視、棄用和猜忌賢能的臣子。由此也可以知道，齊景公是一位怎樣的君主了。

## 理 性

早在李世民起義反隋時，李君羨就已經是他的左右手。由於軍功顯赫，李世民登基後，就把他封為「武連縣公」。

據《新唐書·列傳第十九》記載，貞觀初年，太白星多次在白天出現，太史因而占卜，並得出「女主昌」的結果；而且，當時亦有謠傳「當有女武王者」。唐太宗開始訪尋身邊姓武的人，卻沒有結果。

有次，唐太宗召集一眾武官在內宮舉行宴會。席間，李君羨道出自己的小名叫「五娘子」，唐太宗先是愕然，然後笑説：「哪裏的女子，竟然這樣勇猛啊！」原來，李君羨既是「『武』安人」，還被封為「『武』連縣公」，擔任「左『武』衛將軍」，負責看守「玄『武』門」。唐太宗因而開始猜忌李君羨，不久便調他到華州駐守。直到貞觀二十二年（648 年），適逢有人彈劾李君羨圖謀不軌，唐太宗因而下詔誅殺他，藉此剷除後患。可是，「當有女武王者」不就是指後來的武則天嗎？

貞觀初年的唐太宗的確是一位賢君，到晚年卻變得昏庸，迷信占卜，錯把得力猛將李君羨殺死。如此迷信，原因為何？不就是戀棧權位，讓心魔有機可乘，蒙蔽了理智嗎？

文章理解

1. 試解釋以下文句中的粗體字，並把答案寫在橫線上。

   (i) **是**不與焉。　　　　　　　　　　　　　是：＿＿＿＿＿＿

   (ii) **如**虎之室，往蛇之穴。　　　　　　　如：＿＿＿＿＿＿

2. 試根據文意，把以下文句語譯為語體文。

   曷為不祥也？

   ＿＿＿＿＿＿＿＿＿＿＿＿＿＿＿＿＿＿＿＿＿＿＿＿＿＿＿＿＿＿

3. 齊景公在打獵時發生了甚麼事情？

   ＿＿＿＿＿＿＿＿＿＿＿＿＿＿＿＿＿＿＿＿＿＿＿＿＿＿＿＿＿＿

4. 承上題，齊景公和晏子對此有甚麼看法？當中的原因是甚麼？請
   填寫下列表格。

   |      | 看法 | 原因 |
   |------|------|------|
   | 齊景公 | i. | 那是大眾的說法 |
   | 晏子 | ii. | iii. |

5. 晏子認為哪些事情才是真正對國家不吉利的？

   ＿＿＿＿＿＿＿＿＿＿＿＿＿＿＿＿＿＿＿＿＿＿＿＿＿＿＿＿＿＿

   ＿＿＿＿＿＿＿＿＿＿＿＿＿＿＿＿＿＿＿＿＿＿＿＿＿＿＿＿＿＿

6. 下列哪一個句子中的「殆」字，意思跟另外三個的不同？

   ○ A. 殆所謂不祥也？

   ○ B. 知己知彼，百戰不殆。

   ○ C. 軒凡四遭火，得不焚，殆有神護者。

   ○ D. 張良曰：「沛公殆天授。」故遂從之。

# 11

# 虎與人

我們常常說「人禽之辨」，就是說人類與禽獸有莫大的分別，當中的關鍵在於人類擁有「智慧」和「道德」。正因為有智慧，力量本來較弱的人類，才能戰勝擁有爪牙、力氣的老虎，才能戰勝變幻無常的大自然。

**原文** 據明 · 劉基《郁離子 · 卷下 · 智力》略作改寫

虎之力，於人不啻❶倍也。虎利其爪牙而人無之，又倍其力焉，則人之食於虎也無怪矣。

然虎之食人不恆見，而虎之皮人常寢處❷之，何哉？虎用力，人用智，虎自用其爪牙，而人用物。故力之用一，而智之用百。爪牙之用各一，而物之用百，以一敵百，雖猛不必勝。故人之為虎食者，有智與物而不能用者也。

是故天下之用力而不用智，與自用❸而不用人者，皆虎之類也。其為人獲而寢處其皮也，何足怪哉？

**注釋**

❶ 啻：只。

❷ 寢處：泛指臥着、坐着。

❸ 自用：這裏指用自己的力量。

# 語譯方法：刪

作為語譯方法，「刪」就是把文言句子中沒有實際意思或語意重複的字詞刪掉不理。語譯時，如果遇上以下兩種情況，就可以運用這種方法。

## （一）沒有實際意思的字詞

譬如課文開首說：「於人不啻倍也。」當中的「也」是表示陳述語氣的語氣助詞。陳述句一般不附帶語氣助詞，因此語譯時可以把「也」字刪掉不理。

又例如，第一段末有「人之食於虎也無怪矣」這一句。當中的「之」是表示某種句子結構的結構助詞，沒有實際意思；位處句子中間的「也」，也是語氣助詞，表示句子略作停頓，同樣沒有實際意思，因此語譯時可以同時把這兩個字刪掉不理。

## （二）語意重複的字詞

譬如〈蝜蝂傳〉（見頁 022）裏有這一句：「黜棄之，遷徙之。」是說有些人因貪婪成性而事敗的下場——「黜棄」就是罷免官職，「遷徙」就是流放外地，而前、後句的「之」字都是指「他們」。由於詞語相同、語意重複，語譯時可以把其中一個刪掉不理，並寫作：「罷免或流放他們」。

有時，語意重複的不一定是相同的字詞，這種情況多見於修辭手法「變文」。所謂「變文」，是指在相鄰的地方用上近義詞來表達相同的意思，以避免行文單調、重複。例如〈岳飛之少年時代〉裏有這句：「其殉國死義乎？」當中「殉國死義」即運用了「變文」：為了避免行文單調、重複，句子於是用上都解作「為某人某事犧牲」的兩個字——「殉」和「死」。語譯時，可以把「殉」或「死」其中一個字刪掉不理，並寫作：「為國家或道義犧牲」。

人類與動物的最大分別，相信就是擁有智慧和懂得運用工具了。<u>劉基</u>於是借〈虎與人〉一文，來申明這一點。

老虎有爪牙，有力氣，要吃掉人類不是難事；人類卻甚少被老虎吃掉，反而經常坐臥在老虎皮之上，原因很簡單，就是人類擁有智慧，懂得運用計謀和工具，來幫助自己捕獵老虎。因此，作者認為還是會被老虎吃掉的人類，只是因為他們不懂得運用智慧和工具。

其實，<u>劉基</u>想要諷刺的，是現實中那些不肯動腦筋、用人才的治國者。他們像老虎一樣，僅憑一己之力，一味蠻幹，所以他們的結局一定會跟老虎一樣——「為人獲而寢處其皮」，必將遭受失敗。

## 善 用 智 慧

<u>東漢</u>末年，年僅十歲的<u>孔融</u>跟隨父親來到首都<u>洛陽</u>。當時在京城擔任司隸校尉的<u>李膺</u>享負盛名，想拜訪他的人不計其數，可是<u>李膺</u>只會跟有親屬關係或有名望的人見面。

有次，<u>孔融</u>想拜會<u>李膺</u>，於是走到<u>李膺</u>家門前，跟門衛說自己跟<u>李膺</u>有親戚關係。到了大廳，<u>李膺</u>問這位素未謀面的小孩子，彼此為何相識。<u>孔融</u>說：「我的祖先是<u>孔子</u>，您的祖先是<u>李耳</u>，<u>孔子</u>曾拜<u>李耳</u>為師，他們是師生關係，那麼我們不就是世交了嗎？」<u>李膺</u>和一眾賓客聽後，無不嘖嘖稱奇，因而讓<u>孔融</u>留下來。

不久，太中大夫<u>陳韙</u>來到，其他賓客就把<u>孔融</u>剛才的言論告訴他。可是<u>陳韙</u>聽到後，也許妒忌<u>孔融</u>的才智，於是說：「小時了了，大未必佳。」意指年幼時聰明的人，長大後不一定有成就。<u>孔融</u>聽了，於是不卑不亢地回應說：「我猜想陳大人您年幼的時候一定十分聰明吧！」正是反過來，暗示<u>陳韙</u>現在沒有成就。

「直言」不一定有力，「隱語」未必不能切中要害。當中的分別，在於說話的人有智慧與否。

文章理解

1. 試解釋以下文句中的粗體字，並把答案寫在橫線上。

   (i) 故力之**用**一。 用：＿＿＿＿＿＿

   (ii) 何**足**怪哉？ 足：＿＿＿＿＿＿

2. 試根據文意，把以下文句語譯為語體文。

   然虎之食人不恆見，而虎之皮人常寢處之。

   ＿＿＿＿＿＿＿＿＿＿＿＿＿＿＿＿＿＿＿＿＿＿＿＿＿＿＿

3. 文中哪句與第一段「食於虎」一樣意思？

   | | | |
   |---|---|---|
   | | | |

4. 根據文章內容，填寫下列表格。

   | 情況 | 原因 | |
   |---|---|---|
   | | 人類 | 老虎 |
   | 人類被吃 | ― | i. |
   | | | ii. |
   | iii. | iv. | 只用自己的爪牙 |

5. 本文運用了哪些論證方法？試舉出其中一**項**，加以說明。

   ＿＿＿＿＿＿＿＿＿＿＿＿＿＿＿＿＿＿＿＿＿＿＿＿＿＿＿

   ＿＿＿＿＿＿＿＿＿＿＿＿＿＿＿＿＿＿＿＿＿＿＿＿＿＿＿

6. 除了懂得運用智慧和工具，人類還有甚麼優勢足以勝過動物？試抒己見。

   ＿＿＿＿＿＿＿＿＿＿＿＿＿＿＿＿＿＿＿＿＿＿＿＿＿＿＿

   ＿＿＿＿＿＿＿＿＿＿＿＿＿＿＿＿＿＿＿＿＿＿＿＿＿＿＿

# 12

# 「夜半鐘聲」辨

所謂「真理越辯越明」，只要有錯誤的地方，就應該被人質疑。古希臘托勒密的「地心說」，可以被哥白尼推翻；愛恩斯坦也可以修正自己的「相對論」；同樣，陸游一樣可以推翻歐陽修及後人對「夜半鐘聲到客船」的分析。

**原文** 據南宋‧陸游《老學庵筆記‧卷十》略作改寫

張繼〈楓橋夜泊〉詩云：「姑蘇城外寒山寺，夜半鐘聲到客船。」
見「文言知識」
歐陽公 ❶ 嘲之云：「善哉！其如 ❷ 夜半不是打鐘時。」後人又謂惟蘇州有半夜鐘，皆非也。

按于鄴 ❸〈褒中即事〉❹ 詩云：「遠鐘來半夜，明月入千家。」
【普染】　　　　　　　【溪】
皇甫冉 ❺〈秋夜宿會稽嚴維宅〉❻ 詩云：「秋深臨水月，夜半隔山
見「文言知識」
鐘。」此豈亦蘇州詩耶？恐唐時僧寺，自有夜半鐘也。夫京都 ❼ 街
　　　　　　　　　　　　　　　　　　　　　　　【扶】
　　　　　　　　　　　　　　　　　　見「文言知識」
鼓 ❽ 今尚廢，後生讀唐詩文及街鼓者，往往芒然不能知，況僧寺夜
見「文言知識」
半鐘乎？

## 注釋

❶ 歐陽公：即歐陽修，北宋文學家。

❷ 其如：無奈。

❸ 于鄴：唐末詩人。

❹ 褒中即事：褒中，地名，位於今天的陝西省 漢中市。即事，根據眼前事物即席寫詩。

❺ 皇甫冉：盛唐詩人。

❻ 秋夜宿會稽嚴維宅：本作〈秋夜宿嚴維宅〉。嚴維，是皇甫冉的好友，其家在會稽，即今天的浙江省 紹興市。

❼ 京都：這裏指南宋首都臨安，即今天的浙江省 杭州市。

❽ 街鼓：又稱「警夜鼓」，在晚上敲打以表示宵禁。

## 文言知識

### 語 氣 助 詞 （ 一 ）

　　文言語氣助詞位處句子的末尾，表達不同的語氣。這課講解發語詞，以及表達感歎、反問的語氣助詞。

　　【一】表達感歎語氣的助詞，例子有：也、矣、夫（讀【扶】）、乎、哉、耶、邪、焉、與（讀【如】）、歟（讀【如】），相當於「呢」、「啊」、「了」。劈如〈蝜蝂傳〉（見頁 022）末尾有這句：「亦足哀夫！」當中「夫」是柳宗元為像蝜蝂般貪多務得的人而哀歎，因此可以譯作「啊」。

　　【二】表達反問語氣的助詞，例子有：也、乎、哉、焉、耶、邪（讀【爺】）、與（讀【如】）、歟（讀【如】），相當於「嗎」、「呢」。本課最後有「況僧寺夜半鐘乎？」一句，當中「乎」以反問的語氣，説明年輕人不會知道僧寺會有「夜半鐘」，因此可以譯作「呢」。

　　【三】發語詞，是指用於句子開首的語氣助詞，帶有説明事實、發表議論、解釋原因的語氣。例子有：夫（讀【扶】，語譯時可以刪去不理）、若夫（可譯作「至於」）、蓋（可譯作「原來」）等。

　　譬如〈齊景公出獵〉（見頁 048）有「夫有賢而不知，一不祥」這句。當中「夫」就是發語詞，旨在説明事實，語譯時可以把「夫」刪去不理，直接譯作「有賢能的人卻不知道，這是第一件不吉利的事」。

唐朝中葉詩人張繼的〈楓橋夜泊〉無人不曉，當中「姑蘇城外寒山寺，夜半鐘聲到客船」這兩句更是傳誦千古。可是北宋的歐陽修卻認為僧寺不會在夜半撞鐘，暗示「夜半鐘聲」並非真有其事。

自此不少人都就這兩句詩，去考證姑蘇城到底有沒有夜半撞鐘的做法，也有人指出只有蘇州（即姑蘇城）才有這習俗。

南宋的陸游不以為然，於是從時間和空間兩個角度，引用唐末于鄴描寫襄中的詩句「遠鐘來半夜」、盛唐詩人皇甫冉描寫會稽的詩句「夜半隔山鐘」，來證明僧寺在夜半撞鐘的做法自古有之，而且不只在蘇州一處；同時解釋因為時代久遠，因而導致歐陽修及後人斷言張繼的「夜半鐘聲」並非真有其事。

## 明 辨 是 非

多年前，筆者編寫《香港中學生文言字典》。當編到「仁」字條時，需要參考到其他出版社的文言字典，卻發現這個例句：

鄴中朝士有單服杏仁枸杞黃精木車前，得益者甚多。

這句出自《顏氏家訓·養生》，當中提及了多種中藥名稱：杏仁、枸杞、黃精、車前。但當中的「木」是甚麼？經過翻查，既沒有「黃精木」，也沒有「木車前」這兩種中藥。

其實，句中的「木」本作「朮」（讀【術】），是中藥名稱。原來在《四庫全書薈要》、《四部叢刊》中，這句一樣誤作「木」字。大概該出版社編訂字典時，引用這個版本（或其他版本）的原文，卻沒有仔細辨析和求證，因而出了錯誤。

可見，研讀古文還是研究其他範疇的學問，不但要大膽假設，更要有小心求證、明辨是非的精神，才可以避免出錯，讓自己的水平更上一層樓。

## 文章理解

1. 試解釋以下文句中的粗體字，並把答案寫在橫線上。

 (i)　皆**非**也。　　　　　　　　　　　　非：＿＿＿＿＿＿＿

 (ii)　往往**芒然**不能知。　　　　　　　芒然：＿＿＿＿＿＿＿

2. 試根據文意，把以下文句語譯為語體文。

 (i)　此豈亦蘇州詩耶？　＿＿＿＿＿＿＿＿＿＿＿＿＿＿＿

 (ii)　夫京都街鼓今尚廢。　＿＿＿＿＿＿＿＿＿＿＿＿＿＿

3. 對於張繼的詩作，歐陽修説：「這首詩＿＿＿＿＿＿＿＿＿＿

 ＿＿＿＿＿＿＿＿＿＿＿＿＿＿＿＿＿＿＿＿＿＿＿＿＿＿」

4. 陸游的論點是甚麼？

 ＿＿＿＿＿＿＿＿＿＿＿＿＿＿＿＿＿＿＿＿＿＿＿＿＿＿＿

 ＿＿＿＿＿＿＿＿＿＿＿＿＿＿＿＿＿＿＿＿＿＿＿＿＿＿＿

5. 承上題，陸游運用了下列哪種手法來進行立論？

 ○ A. 開門見山　　　　　○ B. 故事引入

 ○ C. 先破後立　　　　　○ D. 提出假設

6. 陸游引用于鄴和皇甫冉的詩句，想證明甚麼？

 ＿＿＿＿＿＿＿＿＿＿＿＿＿＿＿＿＿＿＿＿＿＿＿＿＿＿＿

 ＿＿＿＿＿＿＿＿＿＿＿＿＿＿＿＿＿＿＿＿＿＿＿＿＿＿＿

7. 你認為歐陽修在評論張繼的詩作時犯了甚麼毛病？

 ＿＿＿＿＿＿＿＿＿＿＿＿＿＿＿＿＿＿＿＿＿＿＿＿＿＿＿

 ＿＿＿＿＿＿＿＿＿＿＿＿＿＿＿＿＿＿＿＿＿＿＿＿＿＿＿

# 第３章

## 三重樓喻

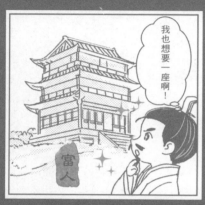

有富愚人……見三重樓……心生渴仰。

即喚木匠：「今可為我，造樓如彼？」

愚人復言：「我不欲下二重之屋，先可為我，作最上屋。」

木匠答言：「不造第二，云何得造第三重屋？」

# 慎行

只有頂層的高樓，

看似是「痴人說夢」之類的笑話，

可是，現實中真的有不少「富愚人」之流，

一心好高騖遠，只顧眼前蠅頭小利，

不肯腳踏實地，不知謹言慎行，

要麼以謊言欺騙天下，

要麼違背自己許下的諾言。

齊人到了楚國後，成了盜竊犯；

漁夫陽奉陰違，把桃花源的祕密告訴太守；

楚人將山雞說成是鳳凰，詭騙了天下人……

諸如此類，多不勝數。

我們現在就看看本章中的人物，

他們謹言慎行與否的不同結局。

# 13

# 橘越淮為枳

「橘」與「枳」同屬「芸香科」（Rutaceae）植物，可是兩者大有不同。橘樹是喬木，初夏開花，深秋結果，果實呈扁球狀，果皮紅黃色，果肉多汁、味酸甜；枳樹卻是灌木，早春開花，果實同樣在秋季成熟，卻是呈黃綠色的球形，果肉酸澀帶苦，因此多作為藥材使用。

既然「橘」與「枳」有這麼大區別，那為甚麼晏子依然有「橘越淮為枳」的說法呢？現在就讀讀以下的課文吧。

**原文** 《晏子春秋·內篇·雜篇下》

晏子至，楚王賜晏子酒，酒酣【含】，吏二縛一人詣【駁】❶王。王曰：「縛者曷【藝】【渴】為者也？」對曰：「齊人也，坐盜。」
見「文言知識」

王視晏子曰：「齊人固❷善盜乎？」

晏子避席❸對曰：「嬰聞之，橘生淮南則為橘，生于淮北則為枳【子】，葉徒❹相似，其實味不同。所以然者何？水土❺異也。今民生長於齊不盜，入楚則盜，得無❻楚之水土使民善盜耶？」

王笑曰：「聖人非所與熙❼也，寡人反取病焉。」

062
|
063

**注釋**

❶ 詣：走、上前。

❷ 固：本來。

❸ 避席：古人直接跪在地上，稱為「跪坐」。與對方對話時，他們會站起來，以表尊敬，稱為「避席」。

❹ 徒：只是。

❺ 水土：泛指氣候、風土等自然環境。

❻ 得無：難道、莫非。

❼ 熙：通「嬉」，嬉戲，這裏指說笑。

**文言知識**

# 文言疑問句

跟現代漢語一樣，文言疑問句（包括反問句）都具備以下特徵：

一、使用疑問代詞。如：誰、孰（誰人）；何、曷、奚（甚麼）；孰（哪個）；何、焉、安、奚（哪裏）；幾、幾何、幾許（幾多）；何、胡、奚（為甚麼）；焉、安、何（怎麼、如何）。

二、使用表示疑問或反問的語氣助詞。如：不、乎、焉、也、耶、邪、矣、歟、與、哉，相當於「呢」、「嗎」。

三、使用固定詞語或句式。如：奈何、何如、奈……何、如……何，相當於「怎麼樣」、「怎麼辦」等。

四、使用帶有反問語氣的副詞。如：豈、寧、獨、庸、得、得無，相當於「難道」、「莫非」。

以課文第一段「縛者曷為者也？」這句為例。「縛者」是指「被綁着的人」；「曷」與「何」相通，表示「甚麼」；「為」讀【圍】，解作「做」；「也」是表示疑問的語氣助詞，相當於「呢」。楚王看見官差綁着一個人並帶到自己面前，於是提出疑問：這個被綁着的人做了甚麼事情呢？

《晏子春秋》不但記載了晏子勸諫君主的故事，更記載了他能言善辯、冷靜機智的舉動。課文講述晏子出使楚國，楚王卻在飲宴期間，故意將一個犯了盜竊罪的齊國人帶到宮中，然後詰難晏子說：「你們齊國人是否都善於盜竊的？」

晏子知道楚王想羞辱自己和齊國，於是不卑不亢地介紹「橘」和「枳」這兩種樹木的特點：「橘」是在淮河以南生長的樹木，一旦移植到淮河以北，就叫做「枳」。這兩種樹木的樹葉很相似，果實的味道卻大有不同，只因兩地的自然環境不一樣。

其實，晏子運用類比，來表示這個齊國人在齊國沒有犯法，來到楚國後卻犯下偷竊罪，因此質疑是否跟楚國的環境有關。楚王本想羞辱晏子，現在卻反過來被羞辱，只好尷尬地說：「聖人是不可以開玩笑的。」

## 潔身自好

柳永是北宋著名詞人。十八歲時，柳永離開家鄉福建，前往汴京應考科舉；路經杭州時，他迷戀當地風景和都市繁華，於是留在花街柳巷，沉醉於聽歌買笑的奢靡生活中，甚至與歌妓相戀，為她們寫詩填詞，內容大膽露骨。

柳永在杭州蹉跎六年後，才正式入京應考。到正式開考時，由於宋真宗下旨嚴厲譴責當時「屬辭浮靡」的文壇歪風，柳永因而落第。他一時氣憤，填了〈鶴沖天〉一詞，當中以「忍把浮名，換了淺斟低唱」一句，發泄對科舉的牢騷和不滿。

根據《能改齋漫錄》所說，宋仁宗得知這詞作後，在柳永第二次應考時，故意將他黜落，並說：「且去淺斟低唱，何要浮名！」

杭州多青樓之地，是不可改變的事實，柳永可以做的就是潔身自好，避免流連這些風月場所，否則只會為自己帶來遺憾。

**文章理解**

1. 試解釋以下文句中的粗體字，並把答案寫在橫線上。

   (i) 齊人也，**坐**盜。　　　　　**坐**：＿＿＿＿＿＿＿

   (ii) 葉**徒**相似。　　　　　　　**徒**：＿＿＿＿＿＿＿

2. 試根據文意，把以下文句語譯為語體文。

   所以然者何？　＿＿＿＿＿＿＿＿＿＿＿＿＿＿

3. 根據文章內容，填寫下列表格。

   |  | 橘 | 枳 |
   | --- | --- | --- |
   | i. | ii. | 淮河以北 |
   | 葉子 | iii. |  |
   | iv. | v. ＿＿＿＿＿ 不相同 |  |

4. 齊國人在楚國偷竊，楚王 (i) 和晏子 (ii) 認為當中原因是甚麼？請先引用原文句子，然後略作解釋。

   (i) 原文：＿＿＿＿＿＿＿＿＿＿＿＿＿＿＿＿

   　　解釋：＿＿＿＿＿＿＿＿＿＿＿＿＿＿＿＿

   (ii) 原文：＿＿＿＿＿＿＿＿＿＿＿＿＿＿＿

   　　解釋：＿＿＿＿＿＿＿＿＿＿＿＿＿＿＿

5. 承上題，楚王和晏子所説的話，都屬於＿＿＿＿＿＿＿＿句。

6. 文末，楚王説：「寡人反取病焉」，當中「取病」的意思是甚麼？請以一組四字成語加以概括。

   |  |  |  |  |
   | --- | --- | --- | --- |
   |  |  |  |  |

# 14

# 宋太祖怕史官

　　許多人都想做皇帝，因為天下大權盡在手中，可以為所欲為，可是事實卻不然。古代有所謂「史官」制度，史官經常在皇帝身邊，觀察他的一言一行，並記載於史冊中。因此，除了個別例子外，絕大部分皇帝也忌憚史官三分，謹言慎行，希望成為天下的表率。

**原文**　據北宋‧司馬光《涑水記聞‧卷第一》略作改寫

　　宋太祖嘗彈[但]❶雀於後園，有臣稱有急事請見，太祖亟[澽]見之。其所奏乃常事耳，上❷怒，詰[揭]❸其故。對曰：「臣以為尚❹急於彈雀也。」上愈怒，舉柱斧❺柄撞其口，墮兩齒。其人徐俯拾齒，置懷中。上罵曰：「汝懷齒，欲訟[仲]我耶？」對曰：「臣不能訟陛下，自當有史官書之矣[白]見「文言知識」。」上悅，賜金帛❻慰勞之。

**注釋**

❶ 彈：用彈弓來發射彈丸，彈打獵物。

❷ 上：皇帝，這裏指宋太祖。

❸ 詰：責問。

❹ 尚：副詞，還、還要。

❺ 柱斧：一種用水晶製成的小斧頭。

❻ 金帛：金錢和絲綢。

**文言知識**

## 語 氣 助 詞 （ 二 ）

這課講解表達陳述、疑問、限制的語氣助詞。

【一】表達陳述語氣的助詞，多見於肯定句或陳述句。例子有：也、矣、耳、爾、焉（讀【言】），一般不用語譯，或者可以語譯為「了」。本課第二段有「自當有史官書之矣」這句，當中「矣」說明該臣子認為「史官書之」是必然出現的事情，語氣肯定，因此可以譯作「了」。

【二】表達疑問語氣的助詞，例子有：也、乎、哉、焉、耶、邪（讀【爺】）、與（讀【如】）、歟（讀【如】）、為，相當於「嗎」、「呢」。例如〈楚有獻鳳凰者〉（見頁 080）有「汝賣之乎？」這句，當中「乎」說明路人對於楚人是否「賣之」感到疑問，因此可以譯作「嗎」。

【三】表達限制語氣的助詞，能夠表達出「只有」、「只是」、「沒有其他」等意思，例子有：耳、爾，相當於「而已」，「罷了」。例如〈狼〉（其二）（見頁 098）有「止增笑耳」這句，當中「耳」說明禽獸的巧詐只是給人們帶來笑料，因此可以譯作「罷了」。

史官可以分為「史館」史官和「起居注」史官兩類。前者負責編寫史籍，後者負責記錄皇帝的言行，而他們記錄的內容更足以影響後世對皇帝的評價。因此，皇帝不得不注意自己的言行，更不得不顧忌史官。本課裏的宋朝開國皇帝──宋太祖趙匡胤就是一例。

有次，宋太祖在後花園彈打雀鳥，突然有臣子要求面聖奏事，並説打雀不比政事重要。太祖一氣之下，就用斧頭柄撞擊臣子的嘴巴，打脱了他兩顆牙齒。臣子於是拾起牙齒，放在胸前。太祖質問臣子是否要控告自己，臣子不卑不亢地説：「自當有史官書之。」當中的「史官」就是「起居注」史官。太祖一聽，就知道剛才的言行已經被史官記下，只好馬上「變臉」，賞賜和慰問臣子，作間接的道歉了。

## 謹 言 慎 行

據《史記‧陳杞世家》記載，陳靈公是春秋時陳國君主，後宮佳麗三千，燕瘦環肥，唾手可得，卻竟然與大夫夏徵舒的母親夏姬私通。夏姬同時又與臣子孔寧、儀行父私通。俗一點説，陳靈公、孔寧、儀行父三人就是所謂「襟兄弟」，然而三人對此不但毫不忌諱，甚至在上朝時拿出夏姬的內衣互相談笑、嬉戲。

有次，陳靈公、孔寧、儀行父三人到了夏姬家中喝酒。席間，靈公向兩位臣子説：「夏徵舒長得很像你們啊！」兩位臣子也笑着説：「他也很像大王您啊！」言下之意，就是説夏徵舒是雜種。眼見母親與多人私通，夏徵舒本就為此蒙羞；現在聽得如此言論，更是火冒三丈，因此趁靈公喝完酒離開夏家時，就在門外將他射殺，然後自立為國君。

我們要做君子，並非易事，但起碼也不要像陳靈公那樣，做出如此傷風敗德的事，否則，報應遲早會算到自己身上。

## 文章理解

1. 試解釋以下文句中的粗體字，並把答案寫在橫線上。

   (i)　太祖**亟**見之。　　　　　　　　　　亟：＿＿＿＿＿

   (ii)　上**愈**怒。　　　　　　　　　　　　愈：＿＿＿＿＿

   (iii)　欲訟我**耶**？　　　　　　　　　　　耶：＿＿＿＿＿

2. 試根據文意，把以下文句語譯為語體文。

   臣以為尚急於彈雀也。

   ＿＿＿＿＿＿＿＿＿＿＿＿＿＿＿＿＿＿＿＿＿＿＿＿

3. 根據文章內容，臣子跟太祖上奏甚麼事情？

   ＿＿＿＿＿＿＿＿＿＿＿＿＿＿＿＿＿＿＿＿＿＿＿＿

4. 臣子被太祖打脫了牙齒，為甚麼不打算控告他？

   (i)　＿＿＿＿＿＿＿＿＿＿＿＿＿＿＿＿＿＿＿＿＿＿

   (ii)　＿＿＿＿＿＿＿＿＿＿＿＿＿＿＿＿＿＿＿＿＿＿

5. 宋太祖是一位怎樣的皇帝？試結合文章內容，加以説明。

   ＿＿＿＿＿＿＿＿＿＿＿＿＿＿＿＿＿＿＿＿＿＿＿＿

   ＿＿＿＿＿＿＿＿＿＿＿＿＿＿＿＿＿＿＿＿＿＿＿＿

6. 根據文章內容，判斷以下陳述。　　　正確　　錯誤　　無從判斷

   (i)　臣子反對太祖在後花園玩樂。　　○　　　○　　　○

   (ii)　臣子得到了太祖的賞賜。　　　　○　　　○　　　○

# 15

# 孟母不欺子

　　孟母真是一位難得的母親，不但寧願搬三次家，也要搬到合適的住處，為孟子提供良好的讀書環境；她更以身作則，寧願花錢購買東家的豬肉，也要時刻提醒自己：要做一個有誠信的母親，不要欺騙兒子。

**原文**　據西漢 · 韓嬰《韓詩外傳 · 卷九》略作改寫

　　孟子少時<sup>見「文言知識」</sup>，東家❶殺豚【屯】，孟子問其母曰：「東家殺豚，何為？」母曰：「欲食汝<sup>見「文言知識」</sup>。」其母自悔而言曰：「吾懷妊❷是子【任】，席不止❸，不坐；割不正，不食<sup>見「文言知識」</sup>，為胎教之也。今適❹有知而欺之，是教之不信也。」乃買東家豚肉以食之，明不欺也。

## 注釋

① 東家：東面的鄰居。

② 懷妊：懷孕。

③ 止：端正。

④ 適：剛剛。

## 文言知識

# 多 音 字

　　多音字，又叫做「破音字」，是指有着不同讀音的字：不同的讀音，有着不同的詞性和詞義。

　　有些多音字的各個讀音非常接近，只是聲調不同。譬如課文開首有「孟子少時」一句。「少」本來讀【小】，解作「數量不多」；後來延伸出新讀音【笑】，解作「年紀不大」。兩個讀音的聲母【s-】和韻母【-iu】都是一樣的，只是聲韻不同：前者是第二聲（陰上聲），後者是第三聲（陰去聲）。「孟子少時」就是指「孟子年幼的時候」。

　　有些多音字的各個讀音可以是完全不同的。譬如「食」字本解作「進食」，讀【蝕】，課文中段孟母所説的「不食」，就是指「不進食」。這個字後來延伸出新讀音【字】，解作「給別人吃」，文章開首有「欲食汝」一句，意指鄰居殺豬，就是因為「想給你吃」。如果把這個「食」字讀成【蝕】，作「進食」解，就會鬧出大笑話了。

　　《韓詩外傳》並非給《詩經》作注釋的著作，只是在每個故事的結尾，都會引用《詩經》眾多作品中某一恰當的詩句，作為總結而已。

　　《韓詩外傳》所記載的故事有三百多個，與孟母有關的共有三個，當中包括本課〈孟母不欺子〉。本文的題眼是「不欺子」，意指「不欺騙兒子」，由此可對韓嬰的教育觀窺探一斑。

　　故事講述年幼時的孟子問母親東家殺豬的原因，孟母以「欲食汝」一句來敷衍他，之後卻後悔起來。孟母說起自己當初懷着孟子時，不論起居還是飲食，都務求「端正」，希望給予孟子良好的胎教，教他做一個正直的人。現在孟子開始懂得思考了，自己卻跟他說了「欲食汝」這樣的謊言，不就是給他樹立壞榜樣嗎？最後，孟母只好自掏腰包，兌現許給孟子的承諾了。

## 誠　信

　　那年，筆者是中二生。有次回到學校後，才發現自己還未完成數學功課，由於時間無多，只好問同學K借功課來抄寫。

　　雖然已經交妥了功課，可是畢竟是抄來的，筆者心裏總是有點不安。結果，小息時，筆者真的被老師召來問話了。

　　當時筆者非常不安，深怕被老師責罰。怎料老師沒有破口大罵，反而問我抄功課的原因，我只好將事情和盤托出。那老師為甚麼知道我抄功課呢？原來功課裏有一道文字題，同學K不小心把題中人物的名字「Peter」錯寫作「Paul」，結果我卻把他的錯誤一同抄進功課裏了。

　　老師只是提醒我不要「自欺欺人」，沒有作進一步的懲處，可是這件事到今日依然使我耿耿於懷，時刻叮囑自己要做一個有誠信的人，不只是因為「天網恢恢，疏而不漏」，更是因為良心的責備。

**文章理解**

1. 試解釋以下文句中的粗體字，並把答案寫在橫線上。

    (i) 吾懷妊**是**子。　　　　　　　　　是：＿＿＿＿＿＿

    (ii) **明**不欺也。　　　　　　　　　　明：＿＿＿＿＿＿

2. 試根據文意，把以下文句語譯為語體文，並在【　　　】裏圈出「為」字的正確讀音。

    (i) 東家殺豚，何為【圍 / 胃】？

    ＿＿＿＿＿＿＿＿＿＿＿＿＿＿＿＿＿＿＿＿＿＿＿＿＿＿

    (ii) 為【圍 / 胃】胎教之也。

    ＿＿＿＿＿＿＿＿＿＿＿＿＿＿＿＿＿＿＿＿＿＿＿＿＿＿

3. 孟母從哪兩方面給予孟子胎教？試加以說明。

    (i) ＿＿＿＿＿＿：

    (ii) ＿＿＿＿＿＿：

4. 孟母認為「欲食汝」這句話對孟子會有甚麼影響？

    ＿＿＿＿＿＿＿＿＿＿＿＿＿＿＿＿＿＿＿＿＿＿＿＿＿＿

5. 最後孟母怎樣做？

    ＿＿＿＿＿＿＿＿＿＿＿＿＿＿＿＿＿＿＿＿＿＿＿＿＿＿

6. 謊言固然不能說，可是你認同「善意謊言」嗎？試抒己見。

    ＿＿＿＿＿＿＿＿＿＿＿＿＿＿＿＿＿＿＿＿＿＿＿＿＿＿

    ＿＿＿＿＿＿＿＿＿＿＿＿＿＿＿＿＿＿＿＿＿＿＿＿＿＿

# 16

# 桃花源記（節錄）

　　古語有云：「我本將心向明月，奈何明月照溝渠。」武陵縣漁夫在桃花源迷路，幸好得到村民的幫助，最終才能夠順利離開。村民對這個「外來者」不但沒有戒備之心，反而為他殺雞置酒，熱情地招呼他，卻想不到漁夫竟然違背臨別前對他們許下的承諾！

**原文** 東晉·陶潛

　　林盡❶水源，便得一山。山有小口，彷彿若有光。便舍船，從口入。初極狹，才通人。復行數十步，豁然❷開朗，土地平曠，屋舍儼然❸，有良田、美池、桑竹之屬❹，阡陌交通，雞犬相聞。其中往來種作，男女衣着，悉如外人。黃髮❺、垂髫❻，並怡然自樂。

　　見漁人，乃大驚，問所從來。具答之。便要還家，設酒、殺雞，作食。村中聞有此人，咸來問訊。自云：先世避秦時亂，率妻子邑人來此絕境，不復出焉；遂與外人間隔。問今是何世，乃不知有漢，無論魏、晉。此人一一為具言所聞❼，皆歎惋。餘人各復延至其家，皆出酒食。停數日，辭去。此中人語云：「不足為外人道也。」

　　既出，得其船，便扶向<sup>❽</sup>路，處處誌之。及郡下<sup>❾</sup>，詣<sup>❿</sup>太守，

說如此。

## 注釋

❶ 盡：本指達到極端，這裏可以理解為「伸展」。

❷ 豁然：開闊的樣子。

❸ 儼然：整齊的樣子。

❹ 屬：種類、類別。

❺ 黃髮：人老後頭髮由黑而白，由白而黃，因而借指老人。

❻ 垂髫：古時小孩不用向後束起頭髮，額前的頭髮垂下來，因而借指小孩。髫，額前的頭髮。

❼ 為具言所聞：向村民詳細講出知道的事情。為，介詞，表示對象，相當於「向」、「跟」；所，助詞，用於動詞前，相當於「……的人／事情／物件」。

❽ 向：之前的。

❾ 郡下：郡城，郡的中心城市，相當於今天的「省會」。

❿ 詣：進見。

# 古今異義

有一些詞語，在古代是某個意思，到今天卻是另有所指。這種詞義隨時間而出現變化的情況，就叫做「古今異義」。

課文開首的「彷彿」一詞，在今天一般解作「好像」，多用在明喻句裏，譬如：「青馬大橋彷彿一條巨龍。」當中「彷彿」是喻詞，用來連接本體「青馬大橋」和喻體「巨龍」。

「彷彿若有光」這句中的「若」解作「好像」，換言之，「彷彿」不大可能同樣解作「好像」。原來「彷彿」在這裏亦寫作「髣髴」，解作「隱隱約約」，意指不清楚、不分明的樣子。閱讀時偶一不慎，就會錯誤解讀的了。

又如，當作者寫到村民前來桃花源的原因時，曾提及「妻子」一詞。「妻子」在今天解作「太太」，也就是丈夫的配偶，可是在古代卻多解作「太太（妻）和子女（子）」。

相同的情況也出現於不少古詩文裏，譬如杜甫〈兵車行〉裏就有這句：「耶娘妻子走相送。」當中「妻子」就是指「太太和子女」，整句是說士兵要出門遠征，他的父親（耶）、母親（娘）、太太和子女全家一同送別，藉此反映士兵命運堪憂，家人捨不得其離開，唯有全家相送，當作最後的告別。

陶潛擅寫五言詩，代表作包括〈歸園田居〉、〈飲酒〉，還有篇幅頗長的〈桃花源詩〉，而〈桃花源記〉就是這首五言詩所附帶的序言，現在反而比原詩更著名了。

陶潛眼見東晉末年政治黑暗、官場腐敗、戰火不斷，因而構想出類似西方「烏托邦」的理想國——桃花源。〈桃花源記〉講述一位武陵縣漁夫，

因迷路而誤闖桃花林，後來更走入山洞，到達桃花源。桃花源環境優美，村民安居樂業，生活富足，原來他們早在秦朝就已經來到這裏定居，從此與世隔絕，不受外界侵擾。

漁夫得到村民款待，也告訴了他們外面世界的事情，村民無不感歎惋惜。臨別前，村民告訴漁夫不要跟外人提起桃花源，無奈漁夫為求一己之利，竟然跟太守說起這個地方。幸好太守和其他後人始終都找不到桃花源，否則桃花源的大門一開，村民的命運就不堪設想了。

**談美德**

## 信 守 承 諾

郭伋（讀【給】）是東漢初年有名望的官員，十分注重誠信。

據《後漢書》記載，郭伋有次被光武帝徵調到并州。到任後不久，他就到州內各地巡視。當到達美稷縣（今內蒙古、山西、陝西三地交界）時，有幾百個小孩夾道歡迎。郭伋就問他們說：「你們為甚麼遠道而來？」小孩子回答：「聽說大人您到來，我們很高興，所以前來歡迎。」郭伋馬上向他們道謝。

郭伋處理完公務後，這些小孩又送他出城，而且問他說：「你甚麼時候回來啊？」郭伋馬上請隨從作出安排，然後告訴小孩回來的日期。完成公務後，郭伋果然信守承諾，回來美稷探望百姓。可是卻比預計日期提前一天到達，為了不想失信於小孩，郭伋於是在野外的驛站留宿一晚，等到第二天才進城，接受小孩的歡迎。

郭伋連對小孩也信守承諾，因此《後漢書》多次以「信」字來評價郭伋，的確沒有過譽。誠然，誠信是待人之本，當官的更應如此，否則怎能治理天下？

1. 試解釋以下文句中的粗體字,並把答案寫在橫線上。

   (i)   初極狹,**才**通人。 　才:_____

   (ii)  村中聞有此人,**咸**來問訊。 　咸:_____

   (iii) 餘人各復**延**至其家。 　延:_____

2. 試根據文意,把以下文句語譯為語體文。

   問今是何世,乃不知有<u>漢</u>,無論<u>魏</u>、<u>晉</u>。

   _____

3. 下列哪一項有關山洞的描述是錯誤的?

   ○ A. 洞口不是很大。　　　　　○ B. 洞裏非常狹窄。

   ○ C. 地勢十分崎嶇。　　　　　○ D. 裏面的光線很微弱。

4. <u>桃花源</u>有甚麼特別之處?請填寫下列表格。

| 範疇 | 特色 |
| --- | --- |
| 環境 | 既開闊,又 i. _____ 。 |
| 地勢 | 既 ii. _____ ,又 iii. _____ 。 |
| 建築 | 屋子整齊,田間小路 iv. _____ ,還有 v. _____ 和 vi. _____ 。 |
| 動植物 | 種植了 vii. _____ ,還可以聽到 viii. _____ 。 |

5. 課文怎樣描寫<u>桃花源</u>裏的村民？試從服飾和心境兩方面作解釋。

    (i)    服飾：_____

    (ii)  心境：_____

6. <u>桃花源</u>的村民為甚麼要來到<u>桃花源</u>？他們現在的境況如何？

    _____

    _____

7. 下列各句中粗體字都是通假字，請寫出其讀音及意思。

    (i)    便**舍**船。    讀音：_____    意思：_____

    (ii)  **具**答之。    讀音：_____    意思：_____

    (iii) 便**要**還家。   讀音：_____    意思：_____

8. 臨別前，村民叮囑漁夫甚麼事情？漁夫有做到嗎？請就漁夫的舉動加以說明。

    (i)    _____

    (ii)  _____

         _____

9. 承上題，你認同漁夫的做法嗎？為甚麼？試抒己見。

    _____

    _____

# 17 楚有獻鳳凰者

俗語「山雞變鳳凰」是以山雞變成身價百倍的鳳凰，比喻由於攀附了有背景的人，身價因而一下子暴漲。原來這句俗語也許出自一個兩千年前的笑話，而山雞身價暴漲的原因，並非攀附了有背景的人，而是因為人們以訛傳訛。

**原文** 據三國·魏·邯鄲淳《笑林》略作改寫

楚人有擔山雞者，路人問曰：「何鳥也？」擔者欺之曰：「鳳皇也！」路人曰：「我聞有鳳皇久矣，今真見之，汝賣之乎？」曰：「然！」乃酬以千金，弗與；請加倍，乃與之。

方將獻楚王，經宿而鳥死。路人不遑❶惜其金，惟恨不得❷以獻耳。國人❸傳之，咸以為真鳳而貴，宜欲獻之，遂聞於楚王。王感其欲獻己也，召而厚賜之，過買鳳之值十倍矣。

注釋

❶ 不遑：來不及、沒有時間。

❷ 得：能夠。

❸ 國人：首都的百姓。

文言知識

# 倒 裝 句 （ 二 ）

今課講解「介賓後置」倒裝句。

「介賓」是「介賓短語」的簡稱，是指由介詞與賓語組成的詞組，譬如「於（介）濠梁之上（賓）」、「以（介）百金（賓）」等等。

在現代漢語裏，「介賓短語」多位處動詞的前面，例如：「在濠水的橋樑上（介賓）遊玩（動詞）」、「用百兩黃金（介賓）購買（動詞）它」。可是在文言世界裏，介賓短語往往會出現倒裝的現象，即位處動詞的後面：

遊（動詞）於濠梁之上（介賓）（〈知魚之樂〉）

易（動詞）之以百金（介賓）（〈良桐〉）

介賓短語從動詞前面移到它的後面，這種倒裝現象就稱為「介賓後置」。

課文第一段「酬以千金」這句，本寫作「以千金酬」，當中「以千金」是介賓短語，「酬」是動詞。為了強調答謝的方式，句子於是將「以千金」從「酬」的前面，移到它的後面。

又如〈李白嗜酒〉（見頁 014）開首說李白和吳筠「隱於剡中」。當中「隱」是動詞，解作「隱居」，「於剡中」是介賓短語，表示隱居的地點。按照語體文文法，應該寫作「於剡中隱」，也就是「在剡中隱居」。為了強調隱居地點，句子於是將「於剡中」從「隱」的前面，移到它的後面。

《笑林》是中國第一本笑話集，有許多經典笑話都出自於它，譬如〈截竿入城〉、〈漢世老人〉，還有這篇〈楚有獻鳳凰者〉。

故事講述一個挑着山雞趕路的楚國人，他向路人訛稱手上的山雞就是鳳凰。在路人的多番請求下，楚國人答應以二千兩黃金出售這隻「鳳凰」。不幸的是，這隻「鳳凰」不久就死了，路人感到很可惜，因為他不能把「鳳凰」獻給楚王。後來，這件事流傳到國人，甚至是楚王耳邊。楚王被路人一心奉獻鳳凰的行徑打動了，於是召見並重重賞賜了他，賞賜的價值比起那隻「鳳凰」還要多十倍呢！

路人、坊間和楚王都未見過鳳凰，卻竟然一傳十、十傳百地相信起來，最終鬧出「山雞變鳳凰」的笑話。楚國人當初的謊言固然有錯，可是路人、國人和楚王又是不是毫無責任可言呢？

## 辨 別 真 偽

曼德拉（Mandela）是南非人，曾經為消除種族隔離政策而奮鬥，卻不幸在 1982 年被捕入獄，直到 1990 年才獲釋。此後，曼德拉繼續致力於消除種族隔離政策，最終在 1994 至 1999 年期間擔任南非首任黑人總統，更成為南非國父，直到 2013 年逝世。

然而，在 2010 年，美國人菲安娜・布梅（Fiona Broome）卻把當時依然在生的曼德拉說成「早在 1980 年代去世」。訊息發佈後，數以千計的網友並未質疑她的說法，甚至轉發訊息，以訛傳訛下去。菲安娜把這個現象稱為「曼德拉效應」（Mandela Effect）。

有心理學家認為這現象與人類的錯誤記憶有關，這記憶一旦被分享開去，就會形成「曼德拉效應」。可是，與其說是「曼德拉效應」，那倒不如說有些人不但懶於辨別傳聞的真偽，甚至極不負責任地把自己不肯定的訊息傳揚開去，對嗎？

文章理解

1. 試解釋以下文句中的粗體字，並把答案寫在橫線上。

   (i) 經**宿**而鳥死。　　　　　　　　　宿：＿＿＿＿＿＿

   (ii) **乃**與之。　　　　　　　　　　　乃：＿＿＿＿＿＿

2. 試根據文意，把以下文句語譯為語體文。

   乃酬以千金，弗與。

   ＿＿＿＿＿＿＿＿＿＿＿＿＿＿＿＿＿＿＿＿＿＿＿＿＿＿＿

3. 楚人提出怎樣的條件，才願意出售山雞？

   ＿＿＿＿＿＿＿＿＿＿＿＿＿＿＿＿＿＿＿＿＿＿＿＿＿＿＿

4. 路人的「鳳凰」死後，首都的百姓有甚麼看法？

   ＿＿＿＿＿＿＿＿＿＿＿＿＿＿＿＿＿＿＿＿＿＿＿＿＿＿＿

5. 「鳳凰」死了這件事，最終怎麼樣？請摘下原文句子，並略作說明。

   (i) 原文：＿＿＿＿＿＿＿＿＿＿＿＿＿＿＿＿＿＿＿＿＿。

   (ii) 說明：＿＿＿＿＿＿＿＿＿＿＿＿＿＿＿＿＿＿＿＿＿＿。

6. 根據文章內容，判斷以下句子。　　正確　錯誤　無從判斷

   (i) 鳳凰的身體太差，因而死去。　　○　　○　　　○

   (ii) 路人主動求見楚王，請求捉拿楚人。　○　　○　　　○

7. 路人、國人和楚王連環受騙的原因是甚麼？試抒己見。

   ＿＿＿＿＿＿＿＿＿＿＿＿＿＿＿＿＿＿＿＿＿＿＿＿＿＿＿

   ＿＿＿＿＿＿＿＿＿＿＿＿＿＿＿＿＿＿＿＿＿＿＿＿＿＿＿

# 18

# 三重樓喻（節錄）

在古時，有一個傻子想興建三層高樓，卻要求木匠不用興建第一、二層，只要興建頂層即可。木匠讀書不多，卻尚且知道那是比空中樓閣更荒謬的事。反觀今天的香港，竟然爆出過不少樓宇樁柱過短、甚至是地基混凝土不達標的醜聞。難道這些涉事者的學識和智力都比不上下文的這位富人？

**原文** 南朝・齊・僧伽斯那《百喻經・卷上》

見「文言知識」

有富愚人，癡無所知，到餘富家，見三重樓，高廣嚴麗，心生渴仰。即喚木匠：「今可為我，造樓如彼？」是時木匠，即便經地❶，壘墼❷作樓。

見「文言知識」

愚人見其，壘墼作舍，猶懷疑惑，不能了知❸，而問之言：「欲作何等？」木匠答言：「作三重屋。」愚人復言：「我不欲下二重之屋，先可為我，作最上屋。」木匠答言：「無有是事，何有❹不作，最下重屋，而得❺造彼，第二之屋？不造第二，云何❻得造，第三重屋？」愚人固言：「我今不用，下二重屋，必可為我，作最上者。」

**注釋**

① 經地：量度土地

② 墼：磚塊。

③ 了知：確切知道。

④ 何有：怎麼有。

⑤ 得：可以、能夠。

⑥ 云何：怎麼。

**文言知識**

# 多 義 詞

多義詞，是指兼備兩個或以上字義的字。譬如課文第一段「到餘富家」中的「餘」就有着多個意思。

【一】剩餘：飲食大率鼠之餘也。（〈永某氏之鼠〉）

【二】多：閱十餘歲。（〈河中石獸〉（上））

【三】其他：餘人各復延至其家。（〈桃花源記〉）

「到餘富家」中的「餘」正是解作「其他」。因為文中的主角本身就是富人，他所前往的，一定是「其他」富有人家。我們可以把「餘富家」直接寫作「其他有錢人的家裏」，可是又過於空泛，因此可以把「餘」理解為「另一個」。

又例如第一段末尾的「壘」本身是多音字，讀【裏】時也有兩個意思：堡壘和堆砌，分別是名詞和動詞。根據注釋，後面的「墼」字是指「磚塊」，而後文的「作樓」解作「建造高樓」，是「動詞＋名詞」的組合。換言之，「壘墼」應該跟「作樓」一樣，結構上都是「動詞＋名詞」。由此可以推敲，「壘」在這裏是一個動詞，解作「堆砌」，而「壘墼」就是指「堆砌磚塊」。

想確切知道多義詞在文章中的真正意思，可以從它的某個意思出發，根據前後文的內容來逐步推敲。大家可以參考〈狗猛酒酸〉的內容。

《百喻經》是天竺（今天的印度）僧人僧伽斯那所編寫的，後來他的弟子求那毗（讀【皮】）地前來南齊傳道，並在首都建業把這本書翻譯為漢語。

「百喻」就是「一百個比喻」，《百喻經》卻只有九十八個寓言故事；有學者認為，如果連同書本開首的引言和末尾的跋（讀【拔】）文一同計算，就合共有一百則故事。

〈三重樓喻〉記述有個有錢人，看見人家興建了一座三層高的樓房，於是請工匠照辦煮碗。當工匠建造第一層時，這個有錢人卻叫他停工。原來這個有錢人只看到樓房頂層的宏偉，卻愚蠢到不明白底層的重要，因而要求工匠只需要建造樓房的第三層。

這個故事正是要諷刺那些好高騖遠，卻又不肯腳踏實地、從低做起的人。

## 腳踏實地

朱升，元朝進士，眼見元末群雄並起，因而隱居。當時，在眾多反元起義軍中，朱元璋始露鋒芒，逐漸在江南建立起勢力。根據《明史·朱升列傳》記載，「太祖下徽州 …… 召問時務。對曰：『高築牆，廣積糧，緩稱王。』」

這三句是朱升贈與朱元璋的建國方略：高築牆，是指要鞏固根據地的實力；廣積糧，所指的不只是糧食，也包括兵馬和賢士；緩稱王，就是不要鋒芒畢露，以免成為眾矢之的。最末一句對於有心逐鹿中原的群雄來說，是最難做到的。可是朱元璋依然接納朱升的建議，一心專注內政，蓄積力量，逐漸統一江南；同時以「坐山觀虎鬥」的姿態，靜待各方群雄自相殘殺，最後趁機南征北討，統一全國。

人生如戰場：實力不足的，固然要囤積力量；實力豐饒的，也要學會腳踏實地做事，才可以在雄厚的根基上崛起，進而走上峯頂。

## 文章理解

1. 試解釋以下文句中的粗體字，並把答案寫在橫線上。

    (i) 猶**懷**疑惑。 懷：＿＿＿＿＿＿

    (ii) 無有**是**事。 是：＿＿＿＿＿＿

    (iii) 愚人**固**言。 固：＿＿＿＿＿＿

2. 試根據文意，把以下文句語譯為語體文。

    我不欲下二重之屋。＿＿＿＿＿＿＿＿＿

3. 愚人怎樣評價另一位有錢人所興建的樓房？

    ＿＿＿＿＿＿＿＿＿＿＿＿＿＿＿＿＿＿＿＿＿

4. 工匠開始興建樓房時，愚人提出了甚麼要求？

    ＿＿＿＿＿＿＿＿＿＿＿＿＿＿＿＿＿＿＿＿＿

5. 承上題，愚人會這樣想，是因為

    ○ A. 他的資金不足。　　○ B. 他只想要第三層。

    ○ C. 他想工匠快點完工。　○ D. 他想考驗工匠的技藝。

6. 你認為工匠能否做到愚人的要求？為甚麼？試抒己見。

    ＿＿＿＿＿＿＿＿＿＿＿＿＿＿＿＿＿＿＿＿＿

    ＿＿＿＿＿＿＿＿＿＿＿＿＿＿＿＿＿＿＿＿＿

7. 試用一句七字諺語概括文章寓意。

    | 萬 | 丈 |  |  |  |  |  |
    |---|---|---|---|---|---|---|

8. 現實中有沒有一些像愚人之類的人？試舉一例，略作説明。

    ＿＿＿＿＿＿＿＿＿＿＿＿＿＿＿＿＿＿＿＿＿

    ＿＿＿＿＿＿＿＿＿＿＿＿＿＿＿＿＿＿＿＿＿

# 第4章

## 不龜手之藥

宋人有善為不龜手之藥者，世世以
洴澼絖為事。

客聞之，請買其方以百金。

客得之，以說吳王。冬與越人水
戰，大敗越人，裂地而封之。

或以封，或不免於洴澼絖，則所用
之異也。

# 遠慮

孔子說過:「人無遠慮,必有近憂。」

同樣是讓雙手免於爆拆之苦的不龜手之藥,

落在宋人手裏,最多只能讓他們在漂洗衣服中賺取數金;

到了吳客手裏,卻成為了他得到封地的籌碼。

**可見如果不為自己作長遠的打算,**

**那麼即使沒有遇上各種各樣的「憂」,**

**至少總也不能走上康莊大道。**

本章的四個故事:

〈河中石獸〉、〈狼〉(其二)、

〈不龜手之藥〉和〈口蜜腹劍〉,

從「獨立思考」到「隨機應變」,再到「防人之心」,

將會教導各位讀者如何為自己作長遠的打算。

# 19

# 河中石獸（上）

木頭密度小於水，會浮在水面；石頭密度大於水，會一直沉到水底，這是我們已知的物理定律。可是某寺廟的兩尊石獸沉入河底，卻引發不同人士對這定律的討論。

**原文** 據清·紀昀《閱微草堂筆記·姑妄聽之二》略作改寫

　　滄州南，一寺臨河干❶，山門❷圮❸於河，二石獸並沉焉。閱十餘歲，僧募金重修，求諸水中，竟不可得。以為順流下矣。棹❹數小舟，曳鐵鈀❺尋十餘里，無跡。

　　一講學家設帳寺中，聞之笑曰：「爾輩不能究物理，是非木柹❻，豈能為暴漲攜之去？乃❼石性堅重，沙性鬆浮，湮於沙上，漸沉漸深耳。盍求之地中？沿河求之，不亦顛乎？」眾服為確論。

**注釋**

❶ 干：岸邊。

❷ 山門：寺廟的大門。

❸ 圮：倒塌。

❹ 棹：這裏指划（小船）。

❺ 鈀：一種似「耙」的農具。

❻ 木柹：木片。

❼ 乃：只是。

# 兼詞

　　兼詞雖然是單音詞，卻兼備着兩個單音詞的意思，因此有着「兼」這名稱。常見的兼詞有：焉、諸、盍等。

　　「焉」用作兼詞時，由「於」和「此」組成，前者是介詞，相當於「在」、「到」；後者是代詞，相當於「這裏」。

　　課文開首說：「二石獸並沉焉。」是說河邊佛寺的大門倒塌，導致大門旁的兩隻（二）獸形石雕（石獸）一同（並）沉沒（沉）到河裏（焉）。當中「焉」是兼詞，由介詞「於」和代詞「此」組成，分別表示石獸沉沒的方向（到）和位置（這裏）。「焉」就是「於此」，也就是「到這裏」，可譯作「到河裏」。

　　「諸」用作兼詞時，則由「之」和「於」組成，前者是代詞，相當於「它」；後者是介詞，相當於「在」、「從」、「跟」等。

　　〈良桐〉（見頁170）有這一句：「謀諸漆工。」當中「諸」就是兼詞，由「之」和「於」組成，表示工之僑商量的事情（改造古琴）並引出對象（油漆工匠）。「諸」就是「之於」，「謀諸漆工」可以譯作「跟油漆工匠商量改造古琴這件事」。

　　「盍」本解作「為甚麼」；可是用作兼詞時，則由「何」和「不」組成，前者是疑問代詞，相當於「為甚麼」；後者是否定副詞，相當於「不」。「盍」就是「何不」。

　　譬如宋濂〈杜環小傳〉裏有這句：「盍往依之？」文章提到常允恭的母親張氏在兒子死後無家可歸，身邊的朋友於是提議她投靠杜一元。「盍往依之？」中的「盍」是兼詞，也就是「何不」，相當於「為甚麼不」，正是用反問的語氣，去勸告張氏投靠杜一元。

紀昀，正是家喻戶曉的歷史人物 —— 紀曉嵐。紀曉嵐曾被發配新疆，後來又召回北京，期間遍遊全國各地，以筆記形式編寫了《閱微草堂筆記》這部志怪小說集。《閱微草堂筆記》由五本書籍組成，包括《姑妄聽之》。「姑妄聽之」語出《莊子》，意指「姑且隨便聽聽，卻並不能全盤相信」。

〈河中石獸〉本為一篇文章，本書把它分為上、下兩部分。本課是上半部分，記述河邊佛寺大門旁的兩隻獸形石雕沉沒到河裏，僧人以為石雕已經順流而下，因而用小船沿着河岸搜索，但是卻遍尋不獲。一位講學家因而道出當中道理：河沙輕浮，石頭沉重，石雕只會埋沒在泥沙裏，又怎可能順流而下呢？

# 獨 立 思 考

古希臘科學家亞里斯多德曾經提出，物體從空中下墜的快慢，是由物體本身的重量決定的，物體越重，下墜得越快；相反，物體越輕，下墜得越慢。他的理論深深影響後世，直到兩千年後的伽利略在其著作《兩種新科學的對話》中這樣寫道：

「假設有兩塊大小不同的石頭，大的重量是 8，小的是 4，依照亞里斯多德的理論，那麼大的下落速度是 8，小的下墜速度就是 4。不過，當兩塊石頭被綁在一起時，大石頭的下落速度肯定會被小石頭拖慢；但是，兩塊綁在一起的石頭的整體重量是 12，那麼下墜速度也就應該大於 8。這不是自相矛盾的情況嗎？」

伽利略由此推斷物體下墜的速度，應該不是由其重量決定的。據說，伽利略為此親身走到比薩斜塔進行實驗。然而這件事只見於他的學生維維亞尼的著作《伽利略生平的歷史故事》中；至於同時代的其他人，甚至是伽利略本人，都沒有提及到這件事。

不論伽利略是否有進行過實驗，他在書中的假設卻說明了一件事：我們不應該盲從權威或大眾的說法，而是要學會獨立思考，探究每一件事的真偽。

**文章理解**

1. 試解釋以下文句中的粗體字，並把答案寫在橫線上。

   (i)   一寺**臨**河干。　　　　　　　　　　　臨：_____

   (ii)  豈能**為**暴漲攜之去？　　　　　　　　為：_____

   (iii) 眾**服**為確論。　　　　　　　　　　　服：_____

2. 試根據文意，把以下文句語譯為語體文。

   僧募金重修，求諸水中。

   _____

3. 僧人起初在哪裏尋找石雕？後來轉到哪裏尋找？為甚麼？

   _____

   _____

4. 講學家認為要在哪裏尋找石雕？請摘錄原文句子，並略作説明。

   (i)   原文：| | | | | | ? |

   (ii)  説明：_____

5. 承上題，當中的理由是甚麼？

   _____

   _____

6. 根據文章內容，判斷以下陳述：　　　　正確　錯誤　無從判斷

   (i)   佛寺大門是毀於河水氾濫。　　　　○　　○　　○

   (ii)  講學家認為在水中尋找石雕是瘋狂的行為。○　　○　　○

# 20 河中石獸（下）

當寺廟一眾和尚，前往下游尋找石雕時，講學家取笑他們不能實事求是，繼而提出「石重沙輕」的理論，表示應該在泥沙裏尋找石雕。講學家剛得到眾人信服，「程咬金」卻出現了——一位老兵取笑講學家的「物理學」理論穿鑿附會、瘋癲至極。那到底應該往哪裏尋找石雕呢？

**原文** 據清·紀昀《閱微草堂筆記·姑妄聽之二》略作改寫

見「文言知識」

一老河兵聞之，又笑曰：「愚矣，爾輩！凡河中失石，當求之於上流。蓋石性堅重，沙性鬆浮，水不能衝 ❶ 石。其反激 ❷ 之力，必於石下迎水處，齧 ❸ 沙為坎穴 ❹。漸激漸深，至石之半，石必倒擲 ❺ 坎穴中。如是再齧，石又再轉，轉轉不已，遂反溯流 ❻ 逆上矣。求之下流，固顚；求之地中，不更顚乎？」如其言，果得於數里外。

然則 ❼ 天下之事，但知其一，不知其二 ❽ 者多矣，可據理臆斷歟？

## 注釋

❶ 衝：這裏指「沖走」。

❷ 激：衝擊。

❸ 齧：侵蝕。

❹ 坎穴：坑洞

❺ 倒擲：傾倒。

❻ 溯流：逆流。

❼ 然則：既然這樣（然），那麼
（則）。

❽ 但知其一，不知其二：這裏的
「一」和「二」分別指「表象」
和「實際情況」。

## 文言知識

# 倒裝句（三）

　　之前介紹了「賓語前置」、「狀語後置」和「介賓後置」三種倒裝句，這課介紹最後一種——謂語前置。

　　謂語，位於主語的後面，用來説明主語「是甚麼」、「做甚麼」或「怎麼樣」。謂語前置，是指將原本「主語＋謂語」的語序，對調成「謂語＋主語」，以強調謂語的內容。

　　譬如〈南岐之人〉（見本叢書《中階》）有「異哉，爾之頸也！」一句，原意是「爾之頸異哉」，主語是「爾之頸」，謂語是「異哉」，意指「你的脖子真奇怪啊」。為了強調脖子的特點，句子於是把謂語「異哉」移到主語「爾之頸」的前面。

　　有時，為了遷就詩詞格律，詩人也會將句子的謂語前置。譬如王維〈山居秋暝〉有「蓮動下漁舟」一句，原意是「漁舟下蓮動」，意指漁舟順流而下，因而使蓮葉擺動。

　　可是為了遷就平仄和押韻，王維於是先將句子的因果關係對調，把原因「漁舟下」遷移到結果「蓮動」的後面；繼而將主語和謂語對調，把謂語「下」遷移到主語「漁舟」的前面，寫作「下漁舟」，最終寫成「蓮動下漁舟」這名句。

本課是〈河中石獸〉的下半部分。前文提到僧人想從河流下游尋回石雕，卻被講學家取笑，原因是「石重沙輕」，石雕不會流到下游，反而會逐漸湮沒於泥沙裏。當眾人都認為講學家的所謂「物理」正確無誤時，一位老兵出來講話了。

老兵在河道工作多年，深諳水性。他認同講學家「石性堅重，沙性鬆浮」的說法，卻同時道出導致石雕移動的因素——河水的衝擊力。原來，從上游而下的水流，會向着石雕的底部衝擊，並侵蝕石雕下的泥沙，繼而侵蝕出坑洞來。當坑洞越變越大，超過石雕的一半時，石雕就會向後跌入坑洞。之後，水流會繼續衝擊石雕、侵蝕泥沙，久而久之，石雕會不停往後移動。因此必須反其道而行，到上游尋找。眾人依照老河兵的話行動，結果真的把石雕尋回了。

**談美德**

## 實 事 求 是

唐宋古文八大家之一的王安石，著有《字說》一書。在序言裏，王安石認為漢字筆畫的橫豎曲直、讀音的抑揚開塞，都包含着萬事萬物的道理。他喜歡玩拆字遊戲，單從字形和字音來解釋字義，因而讓人啼笑皆非，更引來其宿敵——蘇東坡的恥笑。

據《鶴林玉露》記載，有次蘇東坡問王安石：「『波』字為甚麼要這樣寫？」王安石竟然回答說：「因為『波』是『水之皮』啊。」蘇東坡聽了，於是幽了王安石一默。他說：「照你所言，那麼『滑』字豈不是『水之骨』嗎？」

蘇東坡也曾這樣揶揄王安石說：「假如『篤』是『用竹子鞭打馬匹』，那麼『笑』就自然是『用竹子鞭打犬隻』了——可是用竹子打犬，又有甚麼好『笑』呢？」可見做事如果不嚴謹，喜歡穿鑿附會，不實事求是，就只會成為他人的笑柄。

**文章理解**

1. 試解釋以下文句中的粗體字，並把答案寫在橫線上。

   (i)  凡河中**失**石。 　　　　　　　　　**失**：＿＿＿＿＿＿＿

   (ii) 求之下流，**固**顛。 　　　　　　　**固**：＿＿＿＿＿＿＿

   (iii) 可據理**臆**斷歟？ 　　　　　　　　**臆**：＿＿＿＿＿＿＿

2. 試根據文意，把以下文句語譯為語體文。

   求之地中，不更顛乎？

   ＿＿＿＿＿＿＿＿＿＿＿＿＿＿＿＿＿＿＿＿＿＿＿＿＿＿＿＿＿＿

3. 老河兵一開始怎樣評價尋找石獸的人？請摘錄原文句子，並略作說明。

   (i)  原文： | | | | | |

   (ii) 說明：＿＿＿＿＿＿＿＿＿＿＿＿＿＿＿＿＿＿＿＿＿＿＿＿＿

4. 以下是有關石獸逆流而上原理的描述，請在橫線上填上適當的答案。

   　　　因為水流反＿＿＿＿＿的力量，一定會在石頭的下方、
   迎着＿＿＿＿＿的地方，侵蝕＿＿＿＿＿，形成＿＿＿＿＿。
   水流越激越深，當坑洞擴展到石頭底部的＿＿＿＿＿時，石
   頭必定傾倒到＿＿＿＿＿＿＿＿＿裏。像這樣繼續侵蝕，石頭
   又會再次＿＿＿＿＿，像這樣＿＿＿＿＿的轉動，最終會反
   過來＿＿＿＿＿水流，去到＿＿＿＿＿。

5. 作者想藉〈河中石獸〉這個故事諷刺哪些人？

   ＿＿＿＿＿＿＿＿＿＿＿＿＿＿＿＿＿＿＿＿＿＿＿＿＿＿＿＿＿＿

# 21

# 狼（其二）

———

　　我們常常說豺狼狡猾，可是豺狼只是為了覓食，才不得不用上計謀，況且這些計謀最終也會被人類識破；相反，人類用上諸多陰謀詭計，來殘殺對自己沒有害處的動物，甚至是人類自己，那麼真正狡猾的，又怎麼可能是豺狼呢？

**原文**　清·蒲松齡《聊齋志異·卷六》

　　一屠晚歸，擔【daam3】中肉盡，止有剩骨。途中兩狼，綴❶行甚遠【最】。屠懼，投以骨。一狼得骨止，一狼仍從。復投之，後狼止而前狼又至。骨已盡矣，**而**【見「文言知識」】兩狼之並驅如故。

　　屠大窘【困】❷，恐前後受其敵。顧野有麥場，場主積薪其中，苫蔽【sim1】❸成丘。屠乃奔倚其下，弛擔持刀。狼不敢前，眈眈相向。

　　少時，一狼徑去，其一犬坐於前。久之，目似瞑【明】❹，意暇甚。屠暴起，以刀劈狼首，又數刀斃之。方欲行，轉視積薪後，一狼洞其中，意將隧入**以**【見「文言知識」】攻其後也。身已半入，止露尻【敲】❺尾。屠自後斷其股，亦斃之。乃悟前狼假寐，蓋**以**【見「文言知識」】誘敵。

　　狼亦黠【瞎】❻矣，而頃刻兩斃，禽獸之變詐幾何哉？止增笑耳。

## 注釋

① 綴：緊貼。

② 窘：窘迫、困迫。

③ 苫蔽：用草編成覆蓋物（苫）來遮蔽（蔽）物件。

④ 瞑：睡覺。

⑤ 尻：屁股、臀部。

⑥ 黠：狡猾。

## 文言知識

# 文 言 連 詞（二）

本課會講解轉折複句和目的複句中常見的連詞。

**轉折複句**：表示後句的意思與前句所預期的結果相反。常見的連詞有：雖（解作「雖然」）；則、然、而、然而（解作「可是」）。例如本課第一段末有這句：

原文：後　　　　　狼止　　　而　前　　狼又至　。

譯文：後面得到骨頭的狼停下來，可是前面的狼又來到。

屠夫扔出骨頭，是為了制止後面的狼跟蹤自己；但事實上，前面的狼已經吃完農夫所扔的骨頭並追上來，超出屠夫的估計，故此句子用上表示轉折的連詞「而」。

---

**目的複句**：表示做某件事的目的。「以」是常見的連詞，意思相當於「去／來」。例如〈蝜蝂傳〉（見頁 022）：

原文：遇　貨　　不避　　，以厚　其　　室　。

譯文：見到錢財就不放過，來累積他們的財產。

當中「厚其室」是「遇貨不避」的目的，句子因此用連詞「以」來表示。

《聊齋志異》是清代小說家蒲松齡的短篇小說集，由接近五百篇故事組成，內容廣泛，多以狐仙、鬼、妖為主題，卻在字裏行間暗示它們比人類更有情有義。

全書共有三個講述「狼」的故事，合稱〈狼三則〉，本課節選自第二則。故事講述一名屠夫夜歸時被兩隻狼跟蹤，情急之下到了曬麥場的柴堆旁躲避，與兩隻狼對峙。期間，其中一隻狼先行逃去。不久後，屠夫趁機殺死面前的狼；同時發現本來以為逃去了的狼，原來早已從柴堆後鑽入，想從後偷襲屠夫。屠夫也趁機把牠擊斃了。

柴堆前的狼一直按兵不動，其實是想轉移屠夫的視線，好讓柴堆後的狼乘機突襲，可是這詭計最終未能湊效。作者正是想藉此諷刺狼雖狡猾，但人類卻是有過之而無不及。

## 隨 機 應 變

據《史記・高祖本紀》記載，楚、漢相爭期間，劉邦的形勢逐漸轉弱為強，可是畢竟與項羽對峙多年，軍心開始有點不穩。

有一次，劉邦跟項羽隔着廣武澗對話。期間，項羽想跟劉邦單挑，劉邦卻數出項羽的罪狀，包括：違反「先入定關中者王之」的約定、擅自脅迫諸侯的軍隊進入函谷關、火燒阿房宮、殺掉早已投降的子嬰、把義帝楚懷王逐出彭城，甚至派人暗殺義帝。

項羽聽後自然十分憤怒，於是下令在旁埋伏的弓弩手施襲，正正射中了劉邦的胸口。胸口受傷，非同小可，輕則影響軍心，重則讓項羽有機會乘勝追擊。司馬遷寫出了劉邦當時的反應：「漢王傷匈，乃捫足曰：『虜中吾指！』」

原來劉邦故意用手撫摸自己的腳，然後大聲説：「項羽射中了我的腳趾！」如果胸口中了箭的劉邦不能冷靜下來，隨機應變，而是應聲倒地，那麼項、劉二人的命運很可能就會被改寫了。

**文章理解**

1. 試解釋以下文句中的粗體字,並把答案寫在橫線上。

   (i) **止**有剩骨。 **止**:＿＿＿＿＿＿

   (ii) **顧**野有麥場。 **顧**:＿＿＿＿＿＿

2. 試根據文意,把以下文句語譯為語體文。

   (i) 骨已盡矣,而兩狼之並驅如故。

   ＿＿＿＿＿＿＿＿＿＿＿＿＿＿＿＿＿＿＿＿＿

   (ii) 意將隧入以攻其後也。

   ＿＿＿＿＿＿＿＿＿＿＿＿＿＿＿＿＿＿＿＿＿

3. 文中的兩隻狼有哪些狡猾的地方?試就前狼和後狼的舉動各一,加以說明。

   (i) ＿＿＿＿＿＿＿＿＿＿＿＿＿＿＿＿＿＿＿＿

   (ii) ＿＿＿＿＿＿＿＿＿＿＿＿＿＿＿＿＿＿＿＿

4. 作者真的認為兩隻狼是狡猾嗎?為甚麼?

   ＿＿＿＿＿＿＿＿＿＿＿＿＿＿＿＿＿＿＿＿＿＿

5. 屠夫又有哪些狡猾的地方?

   ＿＿＿＿＿＿＿＿＿＿＿＿＿＿＿＿＿＿＿＿＿＿

6. 根據文章內容,判斷下列陳述。

   | | 正確 | 錯誤 | 無從判斷 |
   |---|---|---|---|
   | (i) 屠夫故意引誘兩隻狼到柴堆下。 | ○ | ○ | ○ |
   | (ii) 兩隻狼比較喜歡吃人肉。 | ○ | ○ | ○ |

# 22

# 不龜手之藥

　　早一陣子，筆者跟朋友前往其農地作有機耕種。當朋友給我介紹所用肥料時，我十分驚訝，原來是過了期的奶粉。奶粉，一旦過期就不能飲用，許多人會馬上扔掉；可是對於農作物來說，當中的氮元素和蛋白質十分豐富，是不可多得的肥料。過期奶粉，是成為堆填區裏的垃圾，還是成為泥土下的養分？有用與否，視乎我們能否找出它最有價值的地方，加以利用。

**原文**　據戰國・莊周《莊子・逍遙遊》略作改寫

　　莊子曰：「宋人有善為不龜【君】❶手之藥者，世世以【平闢礦】洴澼絖❷【見「文言知識」】為事。客聞之，請買其方以百金。聚族而謀曰：『我世世為洴澼絖，不過數金；今一朝而鬻技❸百金，請❹與之。』客得之，以【見「文言知識」】說吳王。越有難❺【naan6】，吳王使之將【醬】，冬與越人水戰，大敗越人，裂地而封之。能不龜手，一❻也；或以【見「文言知識」】封，或不免於洴澼絖，則所用之異也。」

**注釋**

❶ 龜：龜裂，同「皸」，這裏指皮膚因乾燥而爆裂。

❷ 洴澼絖：在水中漂洗棉絮。洴澼，漂洗。絖，棉絮。

❸ 技：技藝，這裏指「藥方」。

❹ 請：謙辭，請讓我。

❺ 難：災禍，這裏指戰事。

❻ 一：同一。這裏指宋人與吳客所用的，都是同一道的藥方。

**文言知識**

## 虛 詞 「 以 」

「以」是常見的虛詞，可以用作介詞，也可以用作連詞。

用作介詞時，「以」的後面大多是名詞或名詞詞組，解作「把」、「用」、「根據」等，表示利用或憑藉。例如課文開首說宋人：

原文：世世　　　　以洴澼絖　為　事　。

譯文：世世代代都把漂洗棉絮作為事業。

「洴澼絖」解作漂洗棉絮，是一項工作，屬名詞，故此前面的「以」就是介詞，相當於「把」，表示宋人視漂洗棉絮為世世代代的事業。

用作連詞時，「以」的後面大多是動詞，解作「來」、「去」，表示要達到某個目的，多見於目的複句。譬如〈孟母不欺子〉（見頁 070）裏有這一句：

原文：乃　買　東　家　　豚肉　以食之　　　。

譯文：於是買了東邊鄰居的豬肉，來給孟子吃。

「買東家豚肉」是孟母所做的事情，「食之」是目的，當中「食」解作「給某人吃」，是動詞。由此可知「以」在這裏是連詞，解作「來」，說明了孟母「買東家豚肉」的目的。

　　有一次，惠子說自己種出了一個超大的葫蘆瓜，卻發現它不可盛水、盛物，毫無用處可言，於是把它打碎，藉此諷刺莊子的道家學說大而無當。莊子自然不服，於是講了這個故事：

　　宋人發明了不龜手之藥，來防止雙手在漂洗棉絮時龜裂。後來有個吳國人，買下了這道藥方。宋人固然得到報酬，卻依然擺脫不了漂洗棉絮、終年勞動的命運。

　　可是這位吳客，卻把藥方獻給吳王，讓吳國士兵打仗時使用，避免皮膚龜裂。結果吳軍取得勝利，吳客也因而得到分封。

　　用的是同一道藥方，宋人和吳客的結局卻是差天共地，這正是由於吳客「善於用大」──善於找出這藥方優勝的一面，繼而利用它。其實莊子想說：道家學說宏大，有用與否還要看人們能否認識、把握它的優點，並實踐起來。

## 善 於 用 大

　　惠子被莊子用不龜手之藥駁斥後，依然不死心，於是又舉出了「樗（讀【書】）樹」這個例子。他說這棵樹很大很大，可是樹根臃腫（「其大本擁腫而不中繩墨」）、樹枝捲曲（「其小枝卷曲而不中規矩」），不適合用作木材，即使放在路上，木匠也不屑一顧，實際上就是說道家學說一無是處。

　　莊子聽了，自然不慌不忙地再次反駁惠子。他說惠子竟然擔心這棵大樹沒有用處（「患其無用」），更反問他「何不樹之於無何有之鄉」，在大樹下逍遙自在地睡覺？

　　的確，看見大樹，人類只懂得把心思放在它的表面價值上，然後肆意砍伐它們，造成木材，卻沒有「善於用大」，好好利用它最大的用處──讓人們在太陽下乘涼。這不就是大自然送給人類最大的用處嗎？

**文章理解**

1. 試解釋以下文句中的粗體字，並把答案寫在橫線上。

   (i) **聚**族而謀曰。　　　　　　　　　　聚：＿＿＿＿＿＿

   (ii) 吳王使之**將**。　　　　　　　　　　將：＿＿＿＿＿＿

2. 試根據文意，把以下文句語譯為語體文。

   請買其方以百金。　＿＿＿＿＿＿＿＿＿＿＿＿＿＿＿

3. 宋人請求家人容許他做甚麼？他的理由是甚麼？

   ＿＿＿＿＿＿＿＿＿＿＿＿＿＿＿＿＿＿＿＿＿＿＿＿＿

   ＿＿＿＿＿＿＿＿＿＿＿＿＿＿＿＿＿＿＿＿＿＿＿＿＿

4. 吳客買下藥方的目的是甚麼？

   ＿＿＿＿＿＿＿＿＿＿＿＿＿＿＿＿＿＿＿＿＿＿＿＿＿

5. 根據文章內容，填寫下列表格。

   | 人物 | 結局 | 原因 |
   | --- | --- | --- |
   | 宋人 | i. | 用不龜手之藥來幫助自己 |
   | 吳客 | ii. | iii. |

6. 文章運用了哪些手法來道出「善於用大」？(答案可多選)

   ○ A. 正反對比　　　○ B. 引用名言　　　○ C. 詰難對方

   ○ D. 借物說理　　　○ E. 層層進逼

7. 結合前頁「導讀」的內容，如果你是惠子，你會怎樣「善於用大」，好好利用種出來的超大葫蘆瓜？

   ＿＿＿＿＿＿＿＿＿＿＿＿＿＿＿＿＿＿＿＿＿＿＿＿＿

# 23

# 口蜜腹劍

　　「害人之心不可有，防人之心不可無。」我們與人相處時，固然不能懷有陷害他人的心思，但同時也得防範他人，畢竟人心已經不古，不是人人都像學校裏的老師和同學如此心地單純、善良；否則一時大意，就會像本課課文裏那些入世未深的「文學之士」般，誤中李林甫口蜜腹劍的奸計了。

**原文**　北宋‧司馬光《資治通鑑‧唐紀》

　　李林甫為相，凡才望功業出己右 ❶，及為上所厚、勢位將逼己者，必百計去之；尤忌文學之士，或陽與之善，啗 ❷ 以甘言而陰陷之。世謂李林甫「口有蜜，腹有劍」。

**注釋**

❶ 右：古人以右為尊，故此「右」在這裏解作「上方」。
❷ 啗：引誘。

**文言知識**

# 「陰」與「陽」

　　「陰」、「陽」二字，都從「阜」（讀【埠】）部。「阜」的本義是土山，故此從這個部首的字，本義多跟山地有關，「陰」、「陽」二字也不例外。

　　由於地球地軸傾斜，故此太陽照射到北半球的中原地區時，南面的山坡受陽光照射的面積較大，古人於是把山體南坡、河水北岸的地方稱為「陽」；相反，北面山坡受陽光照射的面積較小，古人於是把山體北坡、河水南岸的地方稱為「陰」。

　　譬如「洛陽」中的「洛」是洛水，「陽」是河水北岸，可見洛陽就是位於洛水的北岸；韓信的封地是「淮陰」，當中「淮」是淮河，「陰」是河水南岸，可見淮陰就是位於淮河的南岸。

　　由於「陰坡」受陽光照射較少，因此後人把「陰」的字義從地理引申到環境上，表示「陰暗」；後來，人們把「陰」的字義再延伸，從環境引申到行事上：在「陰暗」地方做事，自然不會被人看到，故此「陰」可以用作副詞，用在動詞前，表示「暗地裏」。至於「陽」一樣可以用作副詞，意思與「陰」剛剛相反，表示「表面上」。

　　有一個成語，叫「陽奉陰違」，就是指「表面上（陽）遵守奉行，暗地裏（陰）卻違反不照做」。

　　《資治通鑑》是北宋人司馬光編撰的編年體史書，全書約三百萬字，所記史事由「三家分晉」的戰國時代開始，直到五代最後一個王朝後周滅亡為止，橫跨一千三百六十二年。

　　《資治通鑑》分為十六「紀」，一「紀」為一個朝代，如〈周紀〉、〈漢紀〉、〈晉紀〉、〈後周紀〉等。本課出自〈唐紀〉，記述唐玄宗時宰相李林甫十分忌憚朝中有才之士，用盡千方百計剷除他們；有時更會表面上用甜言蜜語來哄騙讀書人，實際上卻是在背後陷害他們，因此被當時的人稱為「口有蜜，腹有劍」。

　　《開元天寶遺事》也有類似的描述：李林甫妒賢嫉能，於是用甜言蜜語來引誘他人犯錯，然後在唐玄宗面前告發，因此當時朝中各大小官員都說：「李公雖面有笑容，而肚中鑄劍也。」

# 防 人 之 心

　　《戰國策·楚策四》記載了這樣的一段歷史：魏國給楚懷王送贈了一位美人，懷王非常喜歡她。她的寵妃鄭袖不但沒有妒忌，反而十分親近這位魏美人；衣服和寶物，都特意挑選魏美人喜歡的，才送給她。就連懷王也讚揚鄭袖比自己更喜歡魏美人。

　　有天，鄭袖告訴魏美人懷王雖然喜歡她，卻討厭她的鼻子，因此提醒魏美人拜見懷王時，要掩着鼻子。魏美人知道姐姐如此好心提醒自己，於是照做。後來，懷王問鄭袖為甚麼魏美人經常掩着鼻子，鄭袖卻說：是因為魏美人討厭懷王的體臭。懷王憤怒不已，因而馬上下令執行「劓刑」，割下魏美人的鼻子。

　　原來，鄭袖所做一切，都是口蜜腹劍的計謀，先讓魏美人減低戒心，疏於防範，然後殺她一個措手不及。後宮生活雲詭波譎，如果魏美人抱有防人之心，不全然盡信鄭袖，那麼就不用落得如此收場了。

文章理解

1. 試解釋以下文句中的粗體字，並把答案寫在橫線上。

    (i)　李林甫**為**相。　　　　　　　　　　　　**為**：＿＿＿＿＿＿＿

    (ii)　及**為**上所厚。　　　　　　　　　　　　**為**：＿＿＿＿＿＿＿

    (iii)　尤**忌**文學之士。　　　　　　　　　　**忌**：＿＿＿＿＿＿＿

2. 試根據文意，把以下文句語譯為語體文。

    必百計去之。

    ＿＿＿＿＿＿＿＿＿＿＿＿＿＿＿＿＿＿＿＿＿＿＿＿＿＿＿＿＿

3. 根據文章內容，李林甫不能包容哪三類人？

    (i)　＿＿＿＿＿＿＿＿＿＿＿＿＿＿＿＿＿＿＿＿＿＿＿＿；

    (ii)　＿＿＿＿＿＿＿＿＿＿＿＿＿＿＿＿＿＿＿＿＿＿＿；

    (iii)　＿＿＿＿＿＿＿＿＿＿＿＿＿＿＿＿＿＿＿＿＿＿＿。

4. 文末稱李林甫「口有蜜，腹有劍」，所指的是甚麼事情？

    (i)　口有蜜：＿＿＿＿＿＿＿＿＿＿＿＿＿＿＿＿＿＿＿

    ＿＿＿＿＿＿＿＿＿＿＿＿＿＿＿＿＿＿＿＿＿＿＿＿＿＿＿＿＿

    (ii)　腹有劍：＿＿＿＿＿＿＿＿＿＿＿＿＿＿＿＿＿＿＿

    ＿＿＿＿＿＿＿＿＿＿＿＿＿＿＿＿＿＿＿＿＿＿＿＿＿＿＿＿＿

5. 在現實生活中，有人「口有蜜，腹有劍」，也有人「刀子嘴，豆腐心」，你認為哪種人比較可怕？為甚麼？試抒己見。

    ＿＿＿＿＿＿＿＿＿＿＿＿＿＿＿＿＿＿＿＿＿＿＿＿＿＿＿＿＿

    ＿＿＿＿＿＿＿＿＿＿＿＿＿＿＿＿＿＿＿＿＿＿＿＿＿＿＿＿＿

# 第 5 章

## 「不為」與「不能」

梁惠王曰：「不為者與不能者之形何以異？」

挾太山以超北海，語人曰「我不能」，是誠不能也。

為長者折枝，語人曰「我不能」，是不為也，非不能也。

王之不王，是折枝之類也。

# 仁愛

我們一般把「仁」解釋為「愛」。

仁愛，仁愛，

與別人相處，固然需要「愛」，

可是欠缺真心的愛，還算得上「愛」嗎？

**其實，「仁」還有另一個寫法：**

**上從「人」，下從「心」，**

**原來，古人早就發現了「仁」的真諦，**

**就是要用「心」——真心的「心」，**

**去盡力愛護身邊的人。**

本章的五個故事：

〈孝丐〉、〈「不為」與「不能」〉、

〈景公衣狐白裘〉、〈知魚之樂〉和〈張用良不殺蜂〉，

就是想讓讀者明白，應該怎樣付出真心，

去愛護家人、百姓，進而旁及天地萬物。

# 孝丐

24

　　舊時社會環境不好，父母掙錢不多，一家人不能個個有飽飯吃，因此不少父母寧願讓孩子先吃，使他們健康成長；自己則勒緊褲頭，少吃一點。到我們長大了，我們又可以做到像本課課文的乞丐那樣，先給母親進食乞討回來的食物，免得母親挨餓嗎？

**原文**　據清・張潮《虞初新志・卷十五》略作改寫

　　丐不知其邑里❶，明孝宗時，嘗行乞於吳市。凡丐所得食，多不食，每分貯之筒筐❷【匿】中。見者以為異，久之，詰【揭】其故，曰：「吾有母在，將以遺【胃】之耳。」見「文言知識」吳市之好事者欲窮其說，跡之行。見「文言知識」

　　行里許，至岸旁，竹樹扶疏❸，一敝【弊】舟繫柳陰之下。舟故敝，頗潔，有老媪【ou2】❹坐其中。丐坐地，出所貯飲食整理之，捧以登舟，陳食傾酒，跽【忌】奉母前。伺【字】母舉杯，乃起唱歌，為兒戲以娛母。母食盡，然後他求。一日乞道上，無所得，憊甚。有沈隱君孟淵者，哀而與之食，且少周❺之。丐寧忍餓，終不先母食也。如是者數年，母死，丐不知所終。

## 注釋

❶ 邑里：籍貫、故鄉。

❷ 筒筐：古代盛物的竹器。

❸ 扶疏：枝葉茂盛。

❹ 媼：老婦。

❺ 周：接濟。

## 文言知識

### 虛詞「之」

作為虛詞，「之」有多種用法，詳情如下：

【一】用作結構助詞，相當於「的」，表示事物的從屬關係，見於兩個名詞之間。譬如課文第一段結尾「吳市之好事者」，「吳市」是指「吳地的市集」、「好事者」是指「喜歡多事的人」，都是名詞詞組，兩者之間的「之」相當於「的」，表示「好事者」是來自「吳市」的。

【二】同樣用作結構助詞，表示句子出現倒裝情況。譬如〈馬說〉（見頁 160）有「馬之千里者」，實際上是指「千里馬」，當中的「之」和「者」，都是表示倒裝的標誌詞，語譯時可以忽視這兩個虛詞，並把「馬」和「千里」的次序對調，寫成「千里馬」。

【三】「之」又可以配合疑問代詞「何」使用，表示疑問句出現了倒裝。譬如劉禹錫〈陋室銘〉末句說：「何陋之有？」句中「何」是疑問代詞，相當於「甚麼」；「陋」是簡陋；「之」是表示倒裝的標誌詞，說明「何陋之有」是倒裝句，應該寫作「有何陋」，「之」字同樣不用語譯。

【四】同樣用作結構助詞，用於「久」、「頃」等時間名詞後，表示時間的長短，卻沒有任何實際意思，語譯時可以刪去。「久之」就是指「過了一段長時間」，「頃之」就是指「不久」。

【五】用作代詞，相當於「他 / 她 / 牠 / 它（們）」。課文第一段說：「將以遺之耳。」當中「之」字就是指代乞丐母親，相當於「她」。有時，「之」也可以表示「他 / 她 / 牠 / 它（們）的」。

　　《虞初新志》是清朝初年的短篇文言小説集，由張潮編輯，輯錄了明末清初各文章大家的文章，如〈鵲招鸛救友〉（見本叢書《中階》）、魏禧的〈姜貞毅先生傳〉，還有本課〈孝丐〉。

　　〈孝丐〉講述吳地一位不知來自哪裏的乞丐，向路人求得食物後，卻沒有馬上進食，他解釋説是要先把食物給母親吃。有些好事之徒不信，於是跟蹤乞丐到城外的河邊，發現他登上一艘小船，把食物奉獻給母親吃，還玩上兒童遊戲來娛樂她，終於知道乞丐所言屬實。

　　後來有人不忍心，於是接濟過這位乞丐一段時間，可是這位孝順的乞丐始終都是讓母親先吃食物。直到乞丐的母親過身後，這位乞丐也就不知所終了。

## 孝 順 父 母

　　談到孝順父母，或許大家都會有這樣的概念：年幼時要聽父母的話，不要激怒他們；長大後要供養他們，讓他們過上安穩生活。這種想法可以説是正確，也可以説是不完全正確。

　　我們固然要聽父母的話，可是當父母做錯了，我們也有責任提醒他們，請他們改善。在《孝經‧諫諍》裏，曾子説過：「故當不義，則子不可以不爭（諍）於父。」意指父母一旦有錯，就要勸諫（諍）他們。孔子在《論語‧里仁》裏更提到子女要「事父母幾諫」，也就是盡力指出他們錯誤的地方，否則一味聽從父母錯誤的指令，不但是愚孝，更會陷他們於不義。

　　我們長大成人，父母卻變老了，我們固然要報答他們，供養他們的生活，更應該心存敬意。孔子在《論語‧為政》裏説：「今之孝者，是謂能養。至於犬馬，皆能有養；不敬，何以別乎！」如果我們只是以物質來供養父母，卻不曾存有敬意，聆聽他們的需要、了解他們的內心，那麼跟飼養犬馬又有甚麼分別呢？

**文章理解**

1. 試解釋以下文句中的粗體字，並把答案寫在橫線上。

   (i)　**一敝**舟繫柳陰之下。　　　　　　　敝：＿＿＿＿＿＿

   (ii)　母食盡，然後**他**求。　　　　　　　他：＿＿＿＿＿＿

2. 試根據文意，把以下文句語譯為語體文。

   見者以為異，久之，詰其故。

   ＿＿＿＿＿＿＿＿＿＿＿＿＿＿＿＿＿＿＿＿＿＿＿＿＿＿＿＿＿＿

3. 對於自己不吃乞討得來的食物，乞丐怎樣解釋？

   ＿＿＿＿＿＿＿＿＿＿＿＿＿＿＿＿＿＿＿＿＿＿＿＿＿＿＿＿＿＿

4. 承上題，市集裏的好事之徒聽了乞丐所説的話後怎樣做？

   ＿＿＿＿＿＿＿＿＿＿＿＿＿＿＿＿＿＿＿＿＿＿＿＿＿＿＿＿＿＿

5. 根據文章內容，判斷以下陳述。　　　　　正確　　錯誤　　無從判斷

   (i)　乞丐邊跪着邊侍奉母親飲食。　　　　○　　　○　　　○

   (ii)　乞丐最擅長模仿小孩玩遊戲。　　　　○　　　○　　　○

6. 你認為為甚麼乞丐寧願餓着，也要給母親先吃食物？試抒己見。

   ＿＿＿＿＿＿＿＿＿＿＿＿＿＿＿＿＿＿＿＿＿＿＿＿＿＿＿＿＿＿

   ＿＿＿＿＿＿＿＿＿＿＿＿＿＿＿＿＿＿＿＿＿＿＿＿＿＿＿＿＿＿

7. 下列哪一個句子中的「之」字，用法跟另外三個的不同？

   ○ A. 且少周之。　　　　　　○ B. 哀而與之食。

   ○ C. 每分貯之筒筐中。　　　○ D. 一敝舟繫柳陰之下。

# 25

# 「不為」與「不能」

在本叢書《中階》的〈寡人之於國也〉一課裏，我們知道梁惠王是一位好戰的君主，可是原來他也有愛護動物的一面，只是還未能把這份愛心推展到百姓身上而已。那麼孟子會怎樣勸導梁惠王愛護百姓呢？

**原文** 《孟子·梁惠王上》（節錄）

孟子曰：「王之不王【旺】❶，不為也，非不能也。」

梁惠王曰：「不為者與不能者之形何以異？」

曰：「挾太山以超北海，語人曰『我不能』【預】，是誠不能也；為長者折枝❷，語人曰『我不能』，是不為也，非不能也。故王之不王，非挾太山以超北海之類也；王之不王，是折枝之類也。老吾老【見「文言知識」】，以及❸人之老；幼吾幼【見「文言知識」】，以及人之幼。天下可運於掌。故推恩❹足以保四海，不推恩無以保妻子。

「古之人❺所以大過人者無他焉，善推其所為而已矣。權，然後知輕重；度【鐸】，然後知長短。物皆然，心為甚。王請度之！抑❻王興甲兵，危【見「文言知識」】士臣❼，構怨於諸侯，然後快於心與【如】？」

**注釋**

❶ 王：統治天下。

❷ 折枝：鞠躬敬禮，一說是折下樹枝。

❸ 及：推廣、延伸。

❹ 推恩：推廣恩德。

❺ 人：這裏指聖人。

❻ 抑：難道。

❼ 士臣：將士。

**文言知識**

## 「使動用法」與「意動用法」

　　使動用法，是指名詞、形容詞與後面的賓語結合時變成動詞，帶有「使／讓賓語怎麼樣」、「使／讓賓語變成甚麼」的意思。

　　〈生於憂患，死於安樂〉（見本叢書《中階》）有「苦其心志」這句。「苦」本來是形容詞，解作「痛苦」，當與後面的賓語「其心志」（他們的意志）結合後，「苦」就會變成動詞，表示「使賓語（他們的意志）受苦」。由此，「苦其心志」就是指他們的意志受苦，或直接寫作「磨練他們的心思和志向」。

---

　　意動用法，是指名詞、形容詞與賓語結合時，變成了動詞，帶有「認為／覺得賓語怎麼樣」或「把賓語當作甚麼」的意思。

　　〈傷仲永〉（見本叢書《初階》）裏有「稍稍賓客其父」這句。當中「賓客」是名詞，所指的是「客人」。當與後面的賓語「其父」（方仲永的父親）結合後，「賓客」就會變成動詞，表示「把賓語（方仲永的父親）當作賓客」。由此，「賓客其父」就是指「把方仲永的父親當作賓客」。

　　那麼大家知道課文裏「老吾老」、「幼吾幼」和「危士臣」這三句的意思嗎？

孟子經常跟梁惠王（魏惠王）談及治國之道。孟子提到梁惠王在某次祭祀裏，由於不忍心牛隻被宰殺，因而下令用羊隻代替，藉此稱讚梁惠王對動物有惻隱之心。

孟子繼而提到，梁惠王只知愛護動物，卻未能愛護百姓，因而依然「不王」（統治天下），當中的關鍵，是「不為也，非不能也」：梁惠王不是沒有能力推行仁政、愛護百姓，只是不願意去做而已。

梁惠王想知道「不為」和「不能」的分別，孟子於是以「挾太山以超北海」和「為長者折枝」為比喻，説明前者是真的「不能」做到，後者卻只是「不為」而已。孟子提醒梁惠王，一定要設身處地替百姓謀幸福：不但要愛護自己的家人，更要愛護百姓的家人，這樣所有百姓才能受惠，天下才可以掌握於手中。

## 推己及人

推己及人，就是將心比心，替別人設想，是「仁」的表現。我們常常説「仁」就是「愛人」，那麼怎樣去「愛」？原來「仁」字有另一個寫法——上從「人」，下從「心」，就是指用「心」來對待他「人」，只有用心替別人着想，才是真正的「仁愛」。

有時走到郊區的一些巴士站，你會看到站旁有幾張給乘客休息的椅子。原來經過這些巴士站的巴士班次不頻密，一旦錯過了，要等很久才等到下一班車。有些人想像到、甚至是試過在烈日當空下等車的痛苦，於是將心比己，在站旁擺放一些椅子，讓候車的市民稍事休息。這不就是以「心」待「人」的表現嗎？

愛一個人，固然要從自己的心出發，推想到別人身上，替別人設想；愛我們的家——香港——亦然，要像愛護自己的家一樣去愛護它，這樣，這才是真正的愛香港。

**文章理解**

1. 試解釋以下文句中的粗體字,並把答案寫在橫線上。

   (i) **語**人曰「我不能」。 語:＿＿＿＿＿＿＿

   (ii) 王請**度**之! 度:＿＿＿＿＿＿＿

2. 試根據文意,把以下文句語譯為語體文。

   不為者與不能者之形何以異?

   ＿＿＿＿＿＿＿＿＿＿＿＿＿＿＿＿＿＿＿＿＿＿＿＿＿＿＿＿

3. 根據文章內容,填寫下列表格。

   | 事情 | 説「我不能做到」…… |
   | --- | --- |
   | i. | 是真的不能做到 |
   | ii. | iii. |

4. 承上題,孟子認為「王天下」是屬於上述哪一類事情?

   ＿＿＿＿＿＿＿＿＿＿＿＿＿＿＿＿＿＿＿＿＿＿＿＿＿＿＿＿

5. 孟子認為要做到「王天下」,最基本的條件是甚麼?請引述原文
   句子,並加以解釋。

   i. 原文:＿＿＿＿＿＿＿＿＿＿＿＿＿＿＿＿＿＿＿＿＿＿

   ＿＿＿＿＿＿＿＿＿＿＿＿＿＿＿＿＿＿＿＿＿＿＿＿＿＿＿＿

   ii. 解釋:＿＿＿＿＿＿＿＿＿＿＿＿＿＿＿＿＿＿＿＿＿＿

   ＿＿＿＿＿＿＿＿＿＿＿＿＿＿＿＿＿＿＿＿＿＿＿＿＿＿＿＿

6. 孟子認為梁惠王如果選擇「興甲兵」,會帶來甚麼後果?

   ＿＿＿＿＿＿＿＿＿＿＿＿＿＿＿＿＿＿＿＿＿＿＿＿＿＿＿＿

# 26 景公衣狐白裘

當你吃得飽、穿得暖時，心裏會想到甚麼？如果你想到不要糟蹋眼前的一切，你就是一位智者；如果你想到要感激供應食物及衣物的人，你就是一位仁者；如果你想到要幫助世界上還未能吃飽、穿暖的人，你就有着聖者的本質了。

**原文** 《晏子春秋‧內篇‧諫篇》

景公之時，雨雪三日而不霽【預】❶。公被狐白❷之裘，坐堂側階【砌】❸。晏子入見，立有間，公曰：「怪哉！雨雪三日而天不寒。」

晏子對曰：「天不寒乎？」公笑。晏子曰：「嬰聞古之賢君飽而知人之饑，溫而知人之寒，逸而知人之勞。今君不知也。」

公曰：「善！寡人聞命❹矣。」乃令出裘發粟，與饑寒。令所睹于❺塗❻者，無問其鄉；所睹于里❼者，無問其家；循❽國計數，無言其名。士既事者❾（見「文言知識」）兼月，疾者兼歲。

孔子聞之曰：「晏子能明其所欲，景公能行其所善也。」

## 注釋

❶ 霽：雨、雪後放晴。

❷ 狐白：狐狸腋下的白毛。

❸ 陛：臺階。

❹ 聞命：接受教誨。

❺ 于：通「於」。

❻ 塗：通「途」。

❼ 里：街巷。

❽ 循：通「巡」，巡視。

❾ 士既事者：士，讀書人。既，已經。事，有工作。

## 文言知識

### 對　譯

　　所謂「對譯」，意指對着文言句中的字詞，逐個語譯成語體文，這是文言語譯最基本的技巧。

　　〈岳飛之少年時代〉有「飛悲慟不已」這句，可以這樣對譯：

　　原文：飛　悲慟　不　已　。

　　譯文：岳飛悲痛得不能停止。

　　「悲」和「慟」的意思是相同的，可以直接寫作「悲痛」；「不已」解作「不能停止」，整句譯文本作「岳飛悲痛得不能停止」。不過，有些書本卻譯作「岳飛十分悲痛」：老師死了，岳飛當然十分悲痛，可是「不已」畢竟並非解作「十分」，如果不曾進行過對譯，同學很容易就會把「不已」理解成「十分」的了。

　　可見「對譯」是語譯最基本、也是最重要的工夫。當把句子中所有字詞都對譯好了，才可以根據文意或語法，把原文語譯成符合語體文習慣的句子。譬如課文第三段末這句，根據注釋可對譯如下：

　　原文：士　既　事　者　。

　　譯文：讀書人已經有工作的人。

　　對譯後，我們會發現譯文讀起來並不通順，當中「讀書人」實際上就是指「人」，兩者意思是重複的。由此，我們就可以根據語體文的語法，把「讀書人」搬到句末，來代替「人」字，並寫成：「已經有工作的讀書人」。

齊景公算不上是一位賢君，幸好得到晏嬰的輔助，才使齊國局勢相對穩定。本課〈景公衣狐白裘〉正好證明了這一點：

有一年，雪下了三日不止，可是齊景公說自己一點也不覺得冷，原來他穿上了狐毛皮衣。晏子發覺景公說的話不妥，於是向景公進諫，說一位賢明的君主，即使自己的生活安穩了，也不忘體察百姓的苦況，然後以「今君不知也」一句，直接點中了要害。

景公知道自己做錯，於是不但接受了晏子的教誨，更下令發放皮衣、糧食來賑濟百姓，好讓他們度過寒冬。

與景公同時期的孔子，知道了這件事後，就稱讚景公和晏子，說君臣二人各自都盡了本分。

## 愛 護 百 姓

宋仁宗趙禎是北宋第四任皇帝，也是中國歷史上第一個用「仁」作為諡號的皇帝。「仁」就是愛人，將愛己之心推廣到別人身上。君主是一國之主，就更要把這份「仁心」踐行到全國百姓身上，而宋仁宗就是當中的佼佼者。

據《宋史·仁宗本紀》記載，有次仁宗工作到夜深，肚子餓起來，因而想吃燒羊肉，可是他想到「戒勿宣索，恐膳夫自此戕賊物命，以備不時之須」，仁宗不希望因自己一時肚子餓，而讓「宰殺羊隻」變成每天必做的事情，濫殺無辜的性命。

比起動物，仁宗也更愛惜百姓性命。〈仁宗本紀〉提到「大闢疑者，皆令上讞，歲常活千餘」。仁宗一旦遇上需要執行死刑的案件，都一定要有關官員呈上案件，由自己定奪，每年因而救活了千多個無辜的死囚。仁宗經常說：「朕不曾用『死』字來咒罵人，又怎麼敢濫用死刑呢？」正因如此寬仁，如此愛護百姓，不濫用刑罰，趙禎駕崩後被冠以「仁」之美名，可謂實至名歸。

文章理解

1. 試解釋以下文句中的粗體字，並把答案寫在橫線上。

   (i)　公**被**狐白之裘。　　　　　　　被：＿＿＿＿＿＿

   (ii)　**晏子**入見，立**有間**。　　　　有間：＿＿＿＿＿＿

2. 試根據文意，把以下文句語譯為語體文。

   雨雪三日而天不寒。

   ＿＿＿＿＿＿＿＿＿＿＿＿＿＿＿＿＿＿＿＿＿＿＿＿＿＿＿

3. 根據文章內容，填寫下列表格。

| 賢君即使…… | 也應該…… |
|---|---|
| i. | ii. |
| 穿暖 | iii. |
| iv. | v. |

4. 何以見得齊景公發放皮衣、糧食時，不計較受惠者的身份？

   (i)　＿＿＿＿＿＿＿＿＿＿＿＿＿＿＿＿＿＿＿＿＿＿＿＿；

   (ii)　＿＿＿＿＿＿＿＿＿＿＿＿＿＿＿＿＿＿＿＿＿＿＿；

   (iii)　＿＿＿＿＿＿＿＿＿＿＿＿＿＿＿＿＿＿＿＿＿＿＿＿。

5. 齊景公下令，給有工作的讀書人發放＿＿＿＿＿＿＿的糧食；

   給＿＿＿＿＿＿發放＿＿＿＿＿＿的糧食。

6. 孔子怎樣稱讚景公和晏子？

   ＿＿＿＿＿＿＿＿＿＿＿＿＿＿＿＿＿＿＿＿＿＿＿＿＿＿＿

   ＿＿＿＿＿＿＿＿＿＿＿＿＿＿＿＿＿＿＿＿＿＿＿＿＿＿＿

# 27

# 知魚之樂

　　莊子擅長辯論，自然跟同樣能言善辯的惠子成為亦敵亦友的辯論對手，《莊子》一書裏也記載了他們多次爭辯的內容。當然，莊子被逼到牆角時，也不得不施詐——就好像這場關於「魚之樂」的爭論那樣……

**原文**　《莊子・外篇・秋水》

　　莊子與惠子遊於濠梁之上。莊子曰：「儵[叔]魚❶出遊從容[鬆]，是魚樂也。」惠子曰：「子[見「文言知識」]非魚，安知魚之樂？」莊子曰：「子非我，安知我不知魚之樂？」惠子曰：「我非子，固不知子矣；子固非魚也，子之不知魚之樂全❷矣。」莊子曰：「請循其本❸。子曰『汝[見「文言知識」]安知魚樂』云者，既已知吾知之[見「文言知識」]而問我，我知之濠上也。」

**注釋**

❶ 儵魚：又稱為白鰷魚，常見於北方水域。

❷ 全：完全。這裏出現倒裝，應理解為「子全不知魚之樂」。

❸ 本：本來，這裏指莊子與惠子原本的話題。

**文言知識**

# 人 稱 代 詞

古人會用我、吾、余、予等字作為第一人稱，也就是「我」。例如〈傷仲永〉（見本叢書《初階》）有「余聞之也久」一句，當中的「余」就是王安石的自稱；〈孟子受金〉（見頁 178）裏有「予將有遠行」一句，當中「予」就是孟子的自稱。

古人會用汝、女、爾、若、子、君等字來稱呼對方，相當於「你」。例如本課中段「子非我」裏的「子」，是莊子對惠子的稱呼；文末「汝安知魚樂」裏的「汝」，是惠子對莊子的稱呼；〈張齊賢明察〉（見頁 134）有「爾憶盜吾銀器時乎？」一句，當中「爾」就是張齊賢對家僕的稱呼。

古代階級觀念極為濃厚，因此連自稱也要分階級：皇帝自稱「朕」；諸侯王自稱「寡人」、「孤」；臣子向君上自稱「臣」、「微臣」；妻子向丈夫自稱「妾」；僕人自稱「小人」、「奴才」。

同樣，古人也需要根據對方身份來敬稱對方：稱國君為「陛下」；稱皇子或諸侯王為「殿下」；稱官員為「公」、「卿」、「君」、「大人」、「閣下」；稱讀書人為「夫子」、「先生」；至於一般人，就可以用「足下」。這些字眼都相當於「您」。

文言第三人稱代詞有：之、其、彼、厥、伊、渠，可譯作「他／她／牠／它（們）」或「他／她／牠／它（們）的」。

【一】〈李白嗜酒〉（見頁 014）有這句：「筆薦之於朝。」「之」就是指代前文的李白，可以譯作「他」。

【二】〈恨鼠焚屋〉（見頁 044）有這句：「四焚之。」「之」就是指代前文的「老鼠」，可譯作「牠們」。

【三】〈項羽不肯竟學〉（見頁 040）有這句：「其季父項梁。」「其」就是指代前文的「項羽」，可譯作「他的」。

惠子本名惠施，是戰國時代名家學派的創始人，講究邏輯思辨。惠子認為道家的思想虛無飄渺，因而經常與莊子辯論學術問題。本故事〈知魚之樂〉就是當中最為經典的一幕。

有次，他們到濠水郊遊。莊子發現河裏的白鰷魚游得十分從容，於是説魚兒十分快樂。名家講求「名」和「實」相符，因此惠子向莊子提出質疑：「你不是魚，你怎會知道魚兒是否快樂？」

莊子反駁説：「你不是我，又怎會知道我不知道魚兒快樂？」兩人繼續爭辯，直到莊子使出「殺手鐧」──捉住惠子一開始時説的「安知魚之樂」一句，強行説惠子「早已經知道我知道魚兒是快樂的」，並結束這場辯論。大家知道莊子知道魚兒快樂的真正原因嗎？

## 移 情

莊子熱愛自然，因此當看見魚兒在水中游動時，就認定牠們十分快樂，將踏足大自然的欣喜之心，投射到魚兒身上，這種心理學現象稱為「移情」（Transference）。

「移情」是指人類很常將自己對某人、某事的情感投射到第三者身上。譬如當我們認識新朋友時，很可能會單憑他的外表、言行很像曾經背叛過自己的朋友，而認定他是不可信的。

瑞士心理學家卡爾‧榮格（Carl Jung）認為，每個人的自我都是由「有意識自我」和「潛意識自我」組成。當我們失去與「潛意識自我」的連接時，就會丟失了一部分的自己，亦因而會極力追尋完整的自我。因此，當我們終於找到一個與這部分自我相似的人時，就會迅速將它投射到對方身上。

也許熱愛大自然的莊子一直找不到一個志同道合的人（儘管惠子是他終身的辯論對手），因此當遇上在水中暢游的魚兒時，就把感情投射到牠們身上，只是他跟惠子都不知道這是「移情」罷了。

**文章理解**

1. 試解釋以下文句中的粗體字，並把答案寫在橫線上。

   (i) 遊於濠**梁**之上。 **梁：**＿＿＿＿＿＿＿

   (ii) **固**不知子矣。 **固：**＿＿＿＿＿＿＿

2. 試根據文意，把以下文句語譯為語體文。

   子非魚，安知魚之樂？

   ＿＿＿＿＿＿＿＿＿＿＿＿＿＿＿＿＿＿＿＿＿＿＿＿＿

3. 莊子認為魚兒快樂，為甚麼惠子不認同他的說法？

   ＿＿＿＿＿＿＿＿＿＿＿＿＿＿＿＿＿＿＿＿＿＿＿＿＿

   ＿＿＿＿＿＿＿＿＿＿＿＿＿＿＿＿＿＿＿＿＿＿＿＿＿

4. 承上題，莊子怎樣利用惠子的說辭，來反駁惠子？

   ＿＿＿＿＿＿＿＿＿＿＿＿＿＿＿＿＿＿＿＿＿＿＿＿＿

5. 根據文章內容，填寫惠子第二次反駁莊子的言論。

| 惠子認為…… | | 結論 |
|---|---|---|
| 自己不是莊子， | 因此 | i. |
| ii. | | iii. |

6. 莊子說：「請循其本。」當中的「本」指的是甚麼？莊子怎樣捉住這個「本」來進行最後反擊？請略加說明。

   (i) 「本」：＿＿＿＿＿＿＿＿＿＿＿＿＿＿＿＿＿＿＿。

   (ii) 說明：＿＿＿＿＿＿＿＿＿＿＿＿＿＿＿＿＿＿＿＿

   ＿＿＿＿＿＿＿＿＿＿＿＿＿＿＿＿＿＿＿＿＿＿＿。

# 28

# 張用良不殺蜂

像本課主角張用良那樣，許多人一看見昆蟲，就會撲殺牠們。問他們原因，他們總是給出一大堆堂而皇之的理由：這種昆蟲對人類無益、那種昆蟲會傷害人類。可是，細心一想，昆蟲或動物真的會主動殘害人類嗎？還是人類先主動滋擾牠們，牠們才會作自衛反擊？

**原文**　清‧張潮《虞初新志‧卷十八》

太倉張用良【見「文言知識」】，素惡胡蜂螫❶人【色】，見即撲殺之。嘗見一

6A.【　　　　】飛蟲，投一　6B.【　　　　】蛛網，蛛束縛

之甚急。忽一蜂來螫蛛，蛛避。蜂數【索】含水濕蟲【見「文言知識」】，久之得脫去。

6C.【　　　　】因感蜂義，自此不復殺蜂。

**注釋**

❶ 螫：含有毒腺的蛇、蟲等用牙或針刺傷人畜。

# 語 譯 方 法 ： 留

留，就是在語譯時，把一些專有名詞或古今叫法一樣的字詞保留下來，不作改動。遇到以下兩種情況，我們都可以用上這種語譯方法。

## （一） 專有名詞

專有名詞包括人名、地名、朝代名、國家名、官職名、器物名、度量衡單位等。語譯時遇上這些詞語，都可以保留下來。

譬如課文開首的「太倉」和「張用良」，前者是地名，後者是人名，都是專有名詞，不可以隨意改動，因此語譯時應該保留。

「雍州『刺史』」（見本叢書《初階》，〈李惠杖審羊皮〉）、「乃不知有『漢』」（〈桃花源記〉）、「晏子長不滿六『尺』」（見本叢書《中階》，〈晏子御者之妻〉）等句中的粗體字，分別是官職名稱、朝代名稱、長度單位名稱，語譯時都必須保留。

## （二） 古今同義詞語

古代有許多事物的叫法及詞義，直到今天都沒有改變，譬如：人、狗、花、山等，除非另有所指，否則語譯時都可以悉數保留。

譬如課文末尾有「蜂數含水濕蟲」這句，當中「水」就是水，不論古今都這樣稱呼，因此語譯時可以保留，不作改動。

虞初，是漢武帝的宮廷近侍，據說著有《周說》一書（原書已經失傳），有學者說這是一部關於周代歷史的小說。虞初亦因而被稱為「小說家」的始祖。

至於《虞初新志》，則是清初人張潮借「虞初」之名編撰的小說集。這部小說集收錄了不少前人的作品，包括王言的《聖師錄》。

《聖師錄》記錄了鶴、狗、馬、蟹等動物的義行，以宣揚不殺生的道理。本課則是來自〈蜂〉這一章節中的一個、也是全書最後一個故事：

張用良每次看到胡蜂，都會殺死牠們。然而有一次，他看到一隻胡蜂營救了一隻被困在蜘蛛網裏的小飛蟲。張用良受到感動，從此不再撲殺胡蜂。一隻胡蜂尚且不會見死不救，為甚麼人類卻偏偏會虐待無辜的動物，甚至是自相殘殺呢？

## 尊 重 生 命

不一定所有動物都像課文裏的那隻胡蜂一樣，有着拯救生命的靈性，可是牠們都擁有「生命」，是應當被尊重的。

野豬，原本生活在野外，與人類秋毫無犯，各安天命。可是人類為了自己的「人權」，把勢力範圍擴張到野外，擾亂生態環境，破壞食物鏈，加上不恰當地餵飼，使野豬不得不冒險走到人類世界覓食。始作俑者本來就是人類，可是為甚麼人類要把野豬視為「亂入者」？

昔日漁護署以「捕捉、絕育、放回」的方法，來解決長久以來的「人豬之爭」。可是「絕育」其實也不是恰當的做法——為甚麼生活在大自然的動物，要被人類斷絕生育的能力？更有甚者，為甚麼野豬只是一次把人類嚴重撞傷了，人類就要以「十倍奉還」的方式，去把其他闖入市區但沒有傷害人類的野豬人道毀滅？在香港，殺人犯還罪不至死，可是為甚麼無辜的野豬就要受到這樣泯滅人性的對待？

**文章理解**

1. 試解釋以下文句中的粗體字，並把答案寫在橫線上。

   (i)　蛛束縛之甚**急**。　　　　　　　　　　**急**：＿＿＿＿＿＿

   (ii)　蜂**數**含水濕蟲。　　　　　　　　　　**數**：＿＿＿＿＿＿

2. 試根據文意，把以下文句語譯為語體文。

   (i)　素惡胡蜂螫人。

   ＿＿＿＿＿＿＿＿＿＿＿＿＿＿＿＿＿＿＿＿＿＿＿＿＿＿＿＿

   (ii)　自此不復殺蜂。

   ＿＿＿＿＿＿＿＿＿＿＿＿＿＿＿＿＿＿＿＿＿＿＿＿＿＿＿＿

3. 為甚麼張用良這麼討厭胡蜂？他怎樣對待胡蜂？

   ＿＿＿＿＿＿＿＿＿＿＿＿＿＿＿＿＿＿＿＿＿＿＿＿＿＿＿＿

   ＿＿＿＿＿＿＿＿＿＿＿＿＿＿＿＿＿＿＿＿＿＿＿＿＿＿＿＿

4. 張用良看到小飛蟲遇到甚麼危難？

   ＿＿＿＿＿＿＿＿＿＿＿＿＿＿＿＿＿＿＿＿＿＿＿＿＿＿＿＿

5. 根據文章內容，判斷以下陳述。　　　正確　錯誤　無從判斷

   (i)　胡蜂用尾針弄斷了蜘蛛絲。　　　◯　　◯　　◯

   (ii)　胡蜂不忍心小飛蟲被蜘蛛吃掉。　◯　　◯　　◯

6. 請用一個四字成語描述張用良眼中的胡蜂。

   | | | | |
   |---|---|---|---|

7. 請在文中的【　　　】內補回適當的內容。

# 第6章

## 張齊賢明察

一奴竊銀器數件於懷。齊賢自簾下，視而不問。

「某事相公最久，乃獨相遺，何也？」

「爾憶盜吾銀器時乎？我懷三十年，不以告人。」

「念事吾久，與錢三百千，汝去，別擇所安。」

# 體諒

體諒，就是要理解別人的處境。

張齊賢知道僕人偷竊，

卻顧念主僕一場，因而不去報官；

韓信知道面前的是劉邦，

於是不直接說他不善帶兵；

孫息深知晉靈公脾性，

因而不直接勸諫他拆毀九層塔。

**他們不是在隱瞞、奉承、說謊，**

**而是用讓對方感到舒服的方式，**

**使之接納自己的話。**

希望藉着本章的三個故事：

〈張齊賢明察〉、〈多多益善〉、〈危如累卵〉，

告訴讀者不要事事以自己的角度出發，

應該多體諒別人的處境。

# 29

# 張齊賢明察

上天有好生之德，不會把天下萬物逼到牆角；人類是上天賜予大地的禮物，我們自然也應該秉承天道，對犯錯的人從輕發落，就像本課課文的主角張齊賢對待偷竊家中銀器的僕人一樣。

**原文** 據明·鄭瑄《昨非庵日纂二集·汪度》略作改寫

張齊賢家宴，一奴竊銀器數件於懷。齊賢自簾下，視**而**不問。 〔見「文言知識」〕

後齊賢為相〔soeng3〕，門下❶皆得班行❷〔杭〕，而此奴竟不沾祿。

奴因乘間❸〔澗〕再拜**而**告曰〔見「文言知識」〕：「某事相公最久，乃❹獨相〔雙〕遺，何也？」

齊賢憫然曰：「爾憶盜吾銀器時乎？我懷三十年，不以告人，雖爾亦不知也。吾為相，進退百官，宜激濁揚清❺，敢以盜薦？念事吾久，與錢三百千，汝去，別❻擇所安。蓋❼既發❽汝平日❾，汝宜自愧，而不可留也。」奴震駭〔蟹〕，拜泣而去。

## 注釋

❶ 門下：僕人。

❷ 班行：官位。

❸ 間：機會。

❹ 乃：可是。

❺ 激濁揚清：斥退奸佞，表揚
　忠良。

❻ 別：另行。

❼ 蓋：由於、因為。

❽ 發：揭發。

❾ 平日：這裏指過去，即僕人偷竊
　銀器一事。

**文言知識**

# 虛詞「而」

「而」一般用作連詞，能夠表示不同的複句關係。例如：

【一】表示並列關係，可譯作「……的時候，……」、「一邊……，一邊……」，有時甚至不用語譯。課文第二段有「再拜而告曰」一句，當中「而」說明了僕人「不斷跪拜」和「告訴齊賢說」是同時發生的，可以用上「一邊……一邊……」的句式。

【二】表示承接關係，可以譯作「就」、「然後」、「繼而」。〈良桐〉（見頁 170）開首有這一句：「弦而鼓之。」當中「而」字表示「鼓（彈奏）」是在「弦（配上琴弦）」後發生的，由此句子可以寫作：「配上琴弦，繼而彈奏它。」

【三】表示轉折關係，可以譯作「可是」、「卻」。課文第一段記述張齊賢「視而不問」。張齊賢看到僕人偷竊，本應揭發事情，事實上他卻沒有這樣做，與讀者預期的相反。由此句子可以譯作：「看見了，卻不過問。」

【四】表示因果關係，可譯作「所以」、「因而」。〈染絲〉（見本叢書《初階》）裏「子墨子見染絲者而歎，曰」這句。漂染絲綢的人觸發墨子對世人交友不慎的感歎，可見兩句帶有因果關係，由此可以譯作：「墨子看見漂染絲綢的人，因而感歎地說。」

【五】表示假設關係，可以譯作「就」、「那麼」。〈多多益善〉（見頁 138）有「多多而益善」這句。「多多」是指韓信的士兵「越多」，「益善」是指「越好」，前者是假設，後者是結果，由此可以譯作「（如果）越多就越好」。

「昨非庵」是鄭瑄書房的名稱，《昨非庵日纂》就是鄭瑄在書房裏完成的筆記小說。《昨非庵日纂》分為三集，最後一集成書於崇禎十五年（1642年），即明朝末年。

本課出自《昨非庵日纂二集》卷十的〈汪度〉。汪度，就是「寬宏大量」。故事講述北宋的張齊賢成為宰相後，他的一眾僕人陸續取得官位，唯獨某位僕人例外。這位僕人因而向張齊賢查問原因，張齊賢於是把事情的來龍去脈和盤托出：

原來三十年前，張齊賢發現這位僕人偷竊家中銀器，卻沒有揭發，而是把這件事埋在心裏三十年，為的只是不想毀了他的前途。可是他現在身為宰相，再體諒僕人的處境，也不可把他推薦為官。事到如今，既然已經曝光，為免大家尷尬，張齊賢就只好請這位僕人離開了。

## 網 開 一 面

成湯是商朝的開國君主，是個仁民愛物的人。據《呂氏春秋・孟冬紀》記載，有次成湯看見一個獵人在佈置獸網陷阱。獵人得意地說：「不論是從哪裏來的鳥獸，都會跌入我的網裏。」

成湯聽了，就說：「像你這樣趕盡殺絕，豈不是跟暴虐的夏桀一樣嗎？」於是他命令獵人把獸網的三面收起來，只留下一面捕捉獵物。各地諸侯知道了，都認為成湯的仁德惠及野獸，因而答應成湯，協助他討伐暴虐無道的夏桀，拯救天下蒼生。

這個故事後來演化為成語「網開一面」，比喻寬大仁厚，對犯錯的人從寬處置。

人總有做錯的時候，都渴望得到別人的寬恕，如果一味律人以嚴、用刑太猛，那麼即使犯錯者真的犯了錯，也只會以抱怨的態度來受罰，卻不會真心知錯或改過，結果適得其反。

**文章理解**

1. 試解釋以下文句中的粗體字，並把答案寫在橫線上。

   (i)　<u>齊賢</u>**自**簾下。　　　　　　　　**自**：＿＿＿＿＿＿＿

   (ii)　奴因乘間**再**拜而告曰。　　　　　**再**：＿＿＿＿＿＿＿

2. 試根據文意，把以下文句語譯為語體文。

   汝宜自愧，而不可留也。

   ＿＿＿＿＿＿＿＿＿＿＿＿＿＿＿＿＿＿＿＿＿＿＿＿＿＿＿＿＿＿＿＿

3. 為甚麼家僕要跟<u>張齊賢</u>跪拜訴苦？

   ＿＿＿＿＿＿＿＿＿＿＿＿＿＿＿＿＿＿＿＿＿＿＿＿＿＿＿＿＿＿＿＿

   ＿＿＿＿＿＿＿＿＿＿＿＿＿＿＿＿＿＿＿＿＿＿＿＿＿＿＿＿＿＿＿＿

4. 為甚麼<u>張齊賢</u>沒有舉薦這位家僕做官？

   ＿＿＿＿＿＿＿＿＿＿＿＿＿＿＿＿＿＿＿＿＿＿＿＿＿＿＿＿＿＿＿＿

   ＿＿＿＿＿＿＿＿＿＿＿＿＿＿＿＿＿＿＿＿＿＿＿＿＿＿＿＿＿＿＿＿

5. 文中「激濁揚清」一詞運用了哪一種修辭手法？

   ○ A. 對偶　　　○ B. 借代　　　○ C. 暗喻　　　○ D. 借喻

6. 這位奴僕最後的結局如何？

   ＿＿＿＿＿＿＿＿＿＿＿＿＿＿＿＿＿＿＿＿＿＿＿＿＿＿＿＿＿＿＿＿

7. 你認同<u>張齊賢</u>處理僕人盜竊一事的手法嗎？試抒己見。

   ＿＿＿＿＿＿＿＿＿＿＿＿＿＿＿＿＿＿＿＿＿＿＿＿＿＿＿＿＿＿＿＿

   ＿＿＿＿＿＿＿＿＿＿＿＿＿＿＿＿＿＿＿＿＿＿＿＿＿＿＿＿＿＿＿＿

# 30

# 多多益善

韓信果然是説話天才。未發跡時，因一句「何為斬壯士！」而引起滕公的關注，最終釋放了他，更把他推薦給劉邦；發跡後的他又懂得以「善將將」一言，博得劉邦高興。只是劉邦對人的猜忌太深，最終把這位能言善辯、能文亦武的「無雙國士」逼死，實在令人欷歔。

**原文** 據西漢‧司馬遷《史記‧淮陰侯列傳》略作改寫

上常❶ 從容❷【鬆】與韓信言諸將能不❸，各有差。上問曰：「如我能將幾何【醬】？」信曰：「陛下不過能將十萬【弊】。」上曰：「於君何如？」曰：「臣多多而益善耳。」上笑曰：「多多益善，何為為我禽【胃圍】❹？」信曰：見「文言知識」「陛下不能將兵，而善將將，此乃信之所以❺ 為陛下禽也。且陛下所謂天授，非人力也。」

**注釋**

❶ 常：通「嘗」。

❷ 從容：隨便。

❸ 能不：能力的強弱。

❹ 禽，通「擒」。

❺ 所以：相當於「……的原因」。

# 虛詞「為」

作為虛詞，「為」可以用作語氣助詞、結構助詞和介詞。用法不同，其讀音也有不同。

用作**語氣助詞**時，「為」要讀【圍】，多用在疑問句、反問句或感歎句，相當於「呢」、「嗎」、「啊」等。〈孟母不欺子〉（見頁 070）裏有這句：「東家殺豚，何為？」當中的「為」是表示疑問語氣的助詞，相當於「呢」。

---

用作**結構助詞**時，「為」要讀【圍】，多與「惟」、「唯」等字配合，純粹表示句子出現倒裝，並無實際意思，因此不用語譯。

譬如〈二子學弈〉裏有這句：「惟弈秋之為聽。」句中的「之」和「為」字純粹表示「弈秋」和「聽」的位置對調了，沒有實際意思，因此無需語譯，只需要將「弈秋」和「聽」調回原本的位置，寫成「惟聽弈秋」（只是聽弈秋教導）。

---

用作**介詞**時，「為」既可以讀【圍】，也可以讀【胃】。

當讀【圍】時，一般表示被動，意思相當於「被」。〈虎與人〉（見頁 052）裏有「人之為虎食」這一句，意指「人類被老虎吃掉」，當中「為」字就是表示被動的介詞。

當讀【胃】時，表示做某件事情的對象，意思相當於「給」、「向」、「替」、「跟」。〈管鮑之交〉（見頁 156）有這句：「吾嘗為鮑叔謀事。」當中「為」就是表示對象的介詞，相當於「替」。整個句子就是說：「我曾經替鮑叔謀劃事情。」

「為」又可以用作表示原因的介詞，相當於「因為」，同樣要讀【胃】。〈孟子受金〉（見頁 178）裏有這句：「予何為不受？」當中「何為」是「為何」的倒裝，也就是「為甚麼」或「因為甚麼（原因）」。

每當收看慈善節目時，都會聽到主持人說：「多多益善。」意指善款越多越好。原來這句話是出自西漢名將韓信的，可是說的不是善款，而是士兵。

有次，劉邦問韓信能夠統領多少士兵，韓信只說了一句：「多多益善。」言下之意是，士兵再多也不是問題，我有的是能力。

劉邦認為韓信在吹牛，於是笑說：「你說到自己這麼厲害，可是當初你卻被我捉住，現在成為我的手下呢！」

韓信知道是時候給面子劉邦了，於是半吹噓半老實地說：「我只是善於統領士兵，您卻善於統領將領嘛！而且你的能力是上天賜予的，其他人根本不能做到。」可見韓信不是省油的燈，除了統領士兵，就連談吐也能做到張弛有度。

**談美德**

## 語言藝術

說話要有「藝術」，不是叫我們說謊話或一味恭維對方，而是換個角度，或稱讚、批評對方，或妥善應對對方的話，這不但是高情商的表現，更可以讓對方願意把你的說話聽進耳朵裏。

譬如要稱讚別人，我們不能一味說：「你真了不起。」因為這樣的內容十分空洞，對方會以為你在敷衍他。試試說：「你這個建議我們都很認同」、「你的歌藝讓我們百聽不厭」，這樣對方聽了後會更開心。

要批評對方做錯的地方，不要直接指出對方的錯誤，尤其是當着眾人面前，這樣會讓對方難堪。試試這樣說：「關於你某方面的做法，我有些意見，或許你可以聽聽。」這樣對方就會聽得舒服多了。

別人稱讚我們，我們固然要禮貌地回應，可是不要過於謙虛地說：「其實我做得不是太好的。」那不是說人家眼光不好嗎？其實我們只要微笑點頭，說一句「謝謝讚賞」就可以了。

**文章理解**

1. 試解釋以下文句中的粗體字，並把答案寫在橫線上。

    (i) 如我能**將**幾何？　　　　　　　　　將：＿＿＿＿＿＿

    (ii) 如我能將**幾何**？　　　　　　　　幾何：＿＿＿＿＿＿

    (iii) 於**君**何如？　　　　　　　　　　　君：＿＿＿＿＿＿

2. 試根據文意，把以下文句語譯為語體文。

    多多益善，何為為我禽？

    ＿＿＿＿＿＿＿＿＿＿＿＿＿＿＿＿＿＿＿＿＿＿＿＿＿＿＿＿＿＿

3. 韓信怎樣評價劉邦和自己的領兵能力？

    ＿＿＿＿＿＿＿＿＿＿＿＿＿＿＿＿＿＿＿＿＿＿＿＿＿＿＿＿＿＿

4. 韓信怎樣解釋自己這麼厲害，當初卻會被劉邦生擒？

    (i) ＿＿＿＿＿＿＿＿＿＿＿＿＿＿＿＿＿＿＿＿＿＿＿＿＿＿＿

    (ii) ＿＿＿＿＿＿＿＿＿＿＿＿＿＿＿＿＿＿＿＿＿＿＿＿＿＿＿

5. 根據文章內容，判斷下列陳述。　　　正確　　錯誤　　無從判斷

    (i) 韓信是劉邦一眾將領中最強的。　　○　　　○　　　○

    (ii) 韓信認為劉邦接受天命來統一天下。○　　　○　　　○

6. 「而善將將」中第二個「將」字，與下列哪一句中的「將」字同義？

    ○ A. 出郭相扶將。（〈木蘭辭〉）

    ○ B. 將荊州之軍。（〈諸葛亮傳〉）

    ○ C. 予將有遠行。（〈孟子受金〉）

    ○ D. 一裨將陣回。（〈外科醫生〉）

# 31

# 危如累卵

「危如累卵」表示情況非常危急，猶如在棋子上再疊上圓滾滾的雞蛋一樣，隨時都會摔壞。這個成語源於晉靈公的故事：他想興建九層巨塔，卻不知道這樣做不只是這座高塔，就連他的國家也有隨時倒塌的可能。

**原文** 西漢 · 劉向《説苑 · 佚文》

晉靈公造九層臺，費用千億，謂左右曰：「敢有諫者斬！」孫息乃諫曰：「臣能累十三博棋❶，加九雞子其上。」公曰：「吾少學，未嘗見也，子為寡人作之。」

孫息即以棋子置其下，加九雞子其上。左右惽懼。靈公扶伏，氣息不續。公曰：「危哉！危哉！」孫息曰：「臣謂是不危也，復❷有危此者。」公曰：「願見之。」孫息曰：「九層之臺，三年不成，男不得耕，女不得織，國用空虛，戶口減少，吏民叛亡❸，鄰國謀議❹，將興兵。社稷一滅，君何所望？」靈公曰：「寡人之過，乃至於此！」即壞九層之臺。

**注釋**

① 博棊：博弈用的棋子。棊，通
「棋」。

② 復：這裏解作「還」。

③ 亡：這裏指「推翻」。

④ 謀議：謀劃、策劃。

**文言知識**

## 雙 音 節 詞

雙音節詞，就是由兩個單字所組成的詞語。雖然文言文以單音節詞為主，可是雙音節詞也不罕見。有些雙音節詞需要分開來理解，有些需要合攏來理解，才能得知其確切意思。

（一）分解

譬如〈桃花源記〉（見頁 074）裏有「率妻子邑人來此絕境」一句。當中「妻子」在今天單指「太太」，可是在古代卻要分開來理解，分別指「太太」和「子女」。

又例如〈乘風破浪〉（見本叢書《中階》）裏有這句：「汝不富貴。」當中「富貴」一詞，在今天單指「有錢財」，可是在古代卻要分開來理解，分別指「有錢財」和「有地位」。

課文第二段裏的「戶口」一詞，不是解作今天的「賬戶」，而是需要分開來理解的詞語，分別指住戶和人口。

（二）合解

譬如課文結尾有「社稷」一詞：「社」是土地之神，「稷」是穀物之神。由於古代君主都會祭祀這兩位神祇，由此人們將「社」、「稷」兩字組成「社稷」一詞，用來借指「國家」。

又如〈推敲〉（見本叢書《中階》）結尾提到賈島和韓愈結為「布衣之交」。當中「布衣」本來指「用普通布匹造成的衣服」，在這裏卻要合起來理解，所指的是「平民」。

還有一種，是由兩個意思相近或相反的單字所組成的詞語，合起來理解時，只取其中一個意思。如〈訓儉示康〉（見頁 018）第一句有「侈靡」一詞，兩字都解作「奢侈」，因此無需重複理解。

晉靈公既殘暴也奢侈。〈危如累卵〉記述晉靈公要興建九層之臺。古代樓房最多只有兩、三層高，要建造九層之臺，而且是為君王建造，定必十分奢華，耗費之巨可想而知。

為了消除反對聲音，晉靈公下令將勸阻自己的臣子處死。臣子孫息於是心生一計，向晉靈公介紹一項讓人驚心動魄的玩意 —— 先把十三隻棋子堆疊起來，然後在上面疊起九隻雞蛋。

晉靈公起初屏息靜氣地觀看孫息堆疊棋子和雞蛋，後來見棋子和雞蛋搖搖欲墜，因而不敢看下去，更大叫「危險」。這時，孫息終於「出真章」，告訴晉靈公建造九層之臺比起堆疊棋子和雞蛋更危險：不但影響百姓生計，更會激發他們造反。晉靈公聽後，才知道後果嚴重，因而馬上拆毀九層之臺，節省無謂的開支了。

# 開 源 節 流

疫情困擾香港以至全球接近兩年，對經濟的影響自然不言而喻，可是不少企業又不能以此為由去裁員，因此除了開源，更需要節流，包括節約人手。

因此，大家也許會看到，一些食肆明明生意很好，午飯期間座無虛席，可是樓面的人手卻偏偏只有兩、三人，食客等了很久也沒有人來招呼、沒有飯菜上桌，很容易就鼓譟起來。

事實上，自從疫情爆發後，市民的消費模式改變了，除非是星期五、六、日，否則甚少在晚上外出用膳；換言之，食肆如果增聘了人手，晚上便會出現入不敷支的情況，因此，食肆都被迫開源節流了。

「既是同舟，在獅子山下且共濟」，我們要體諒這些食肆開源節流的苦衷，更要體諒在人手短缺下依然默默耕耘的員工，不要做人見人憎的「奧客」。

**文章理解**

1. 試解釋以下文句中的粗體字，並把答案寫在橫線上。

   (i) 謂**左右**曰。　　　　　　　　　　**左右**：＿＿＿＿＿＿＿

   (ii) 左右**慴懼**。　　　　　　　　　　**慴懼**：＿＿＿＿＿＿＿

2. 試根據文意，把以下文句語譯為語體文。

   臣謂是不危也，復有危此者。

   ＿＿＿＿＿＿＿＿＿＿＿＿＿＿＿＿＿＿＿＿＿＿＿＿＿＿＿

3. 孫息堆疊棋子和雞蛋時，<u>晉靈公</u>有甚麼反應？

   ①停止呼吸　　②十分懼怕　　③大聲呼叫　　④伏在地上

   ○ A. ③④　　　　　　　　　○ B. ①②④

   ○ C. ①③④　　　　　　　　○ D. ①②③④

4. 建造九層之臺有甚麼後果？請填寫下列表格。

| 層面 | 後果 |
|------|------|
| 百姓 | 男子不能夠耕作，i. ＿＿＿＿＿＿＿＿＿＿＿ |
| 國家 | ii. ＿＿＿＿＿＿＿＿＿＿＿＿＿＿＿＿＿＿<br>官員和百姓將會背叛和推翻國家。 |
| 外交 | 鄰國 iii. ＿＿＿＿＿＿＿＿＿＿＿＿＿＿ |

5. 以下哪一項最能概括<u>孫息</u>勸諫<u>晉靈公</u>背後的理念？

   ○ A. 專心致志　　　　　○ B. 開源節流

   ○ C. 節衣縮食　　　　　○ D. 廣納諫言

# 第7章

## 大樹將軍

馮異為人謙退不伐，行與諸將相逢，輒引車避道。

每所止舍，諸將並坐論功。

異常獨屏樹下，軍中號曰「大樹將軍」。

軍士俱言願屬大樹將軍。

# 謙遜

人的心胸就像杯子。

如果你自高自大，那麼這個杯子便總是滿溢，

不能盛載更多的水。

**相反，如果你虛懷若谷，杯子就會變成大海，**

**廣納百川，再多的水也能盛載。**

**這就是「滿招損，謙受益」的道理。**

本章的四個故事：

〈永某氏之鼠〉、〈大樹將軍〉、〈管鮑之交〉和〈馬說〉，

讓大家看清楚謙遜的結局和自大的下場：

<u>鮑叔牙犧牲相位，成全管仲</u>，

因而贏得流芳百世之名。

<u>永某氏之鼠自以為背後有主人撐腰</u>，

最終不得好死。

# 32 永某氏之鼠

老鼠本是見不得光的動物，偷食物、咬東西都要暗地裏進行，哪裏想到永某氏竟然會庇護牠們，任由牠們在家裏橫行霸道？這些老鼠因而恃寵生嬌，視人類如無物，更以為這境況可以一直維持下去。結果，當失去永某氏這個靠山後，牠們的下場比起一般的老鼠更為淒慘……

**原文**　唐・柳宗元

　　永有某氏者，畏日❶，拘忌特甚。以為己生歲直子❷。鼠，子神也。因愛鼠，不畜貓犬，禁僮勿擊鼠。倉廩庖廚，悉以恣鼠不問。由是鼠相告，皆來某氏，飽食而無禍。某氏室無完器，椸❸無完衣，飲食大率鼠之餘也。畫累累與人兼行，夜則竊齧鬥暴，其聲萬狀，不可以寢，終不厭。

　　數歲，某氏徙居他州。後人來居，鼠為態如故。其人曰：「是陰類，惡物也，盜暴尤甚，且何以至是乎哉！」假❺五六貓，闔門，撤瓦灌穴，購僮羅❻捕之。殺鼠如丘，棄之隱處，臭數月乃已。嗚呼！彼以❼其飽食無禍為可恆也哉！

## 注釋

① 日：忌日、凶日。

② 子：十二地支之一，對應的生肖是「鼠」。

③ 椸：衣架。

④ 累累：一個接一個。

⑤ 假：借。

⑥ 羅：羅網。這裏作副詞用，即「用羅網」。

⑦ 以：以為

## 文言知識

# 文 言 肯 定 句

屬於陳述句中「判斷句」的一種，主要對人、事或物作出客觀的肯定，多數有着說明或下定義的功能。相當於語體文裏「……是……」的句式，可是形式卻豐富得多。

【一】「……者，……也」句式，最常見的肯定句句式。前句是要說明的事物，末尾會用上助詞「者」，後句是相關說明或介紹，句末則用上助詞「也」，以加強肯定的語氣。語譯時，「者」和「也」都不用語譯，卻要在兩句之間補回表示判斷的動詞「是」。

例如〈蝜蝂傳〉（見頁 022）第一句就說：「蝜蝂者，善負小蟲也。」前句是要說明的事物，也就是「蝜蝂」，後句是相關的說明內容，即「善負小蟲」。由此可以這樣語譯：蝜蝂，是善於背負重物的小蟲子。

【二】「……，……也」、「……者，……」都是「……者，……也」句式的變種，句子結構是一樣的。譬如課文開首有這句：「鼠，子神也。」前句是要說明的事物，也就是「鼠」，後句是相關的說明內容，即「子神」。由此可以這樣語譯：老鼠，是子年的生肖神。

【三】直接用上表示肯定的動詞「是」及「為」。〈唐臨為官〉（見本叢書《初階》）開首有這句：「唐臨為萬泉丞。」當中「為」解作「是」，說明了唐臨的身份——萬泉縣的副縣令。

唐順宗時，柳宗元參與了王叔文所推行的「永貞革新」，希望藉此削弱宦官的勢力，怎料事敗。宦官不但逼順宗退位，更賜死王叔文，其餘涉事者皆被貶官：柳宗元被貶到遙遠的永州。

柳宗元對被貶一事耿耿於懷，於是在永州創作了〈三戒〉，通過〈臨江之麋〉、〈黔之驢〉、〈永某氏之鼠〉三個寓言故事，暗示朝中宦官雖然背後有靠山，但最終一定會「迨於禍」。

〈永某氏之鼠〉是〈三戒〉的末篇，講述永州某戶人家的主人由於迷信老鼠是子年生肖神，因而對老鼠大加縱容，結果老鼠在家裏橫行霸道，「飽食而無禍」。後來這戶人家搬走，鼠患如故。新主人決心大規模清理老鼠，結果老鼠被一網打盡。

文末，柳宗元表示老鼠「飽食無禍」是不能長此下去的，藉此暗喻朝中宦官跟老鼠一樣，終有倒臺的一日。

# 自 知 之 明

西晉的潘岳表字安仁，是中國古代著名的美男子。與他同期的左思卻被《晉書·文苑傳》說他「貌寢」，即樣子醜陋。

據劉義慶的《世說新語·容止》記載，潘岳「妙有姿容，好神情」。他年少時，每次出行，一路上遇見潘岳的婦女，都無不手牽手地圍繞着他。情況之熱鬧，就好比今天男團出遊，必定吸引無數粉絲夾道歡迎那樣。

左思知道了，就有樣學樣，那結果怎樣呢？劉義慶在書中這樣寫道：「羣嫗齊共亂唾之。」意指那班婦女同樣圍着左思，卻是把口水吐在他身上，左思只好落荒而逃。

樣貌醜陋不是罪，因此這班婦人向左思吐口水，固然不對；可是左思沒有自知之明，竟然東施效顰，模仿潘岳的舉動，人家唾棄他，是人之常情——左思一樣不值得同情。

**文章理解**

1. 試解釋以下文句中的粗體字，並把答案寫在橫線上。

    (i)    飲食**大率**鼠之餘也。        **大率**：＿＿＿＿＿＿＿

    (ii)   臭數月**乃已**。            **已**：＿＿＿＿＿＿＿

2. 試根據文意，把以下文句語譯為語體文。

    是陰類，惡物也。

    ＿＿＿＿＿＿＿＿＿＿＿＿＿＿＿＿＿＿＿＿＿＿＿＿＿＿＿＿＿

3. 請用自己的文字寫出其中兩項永某氏縱容老鼠的事例。

    (i)  ＿＿＿＿＿＿＿＿＿＿＿＿＿＿＿＿＿＿＿＿＿＿＿＿＿

    (ii) ＿＿＿＿＿＿＿＿＿＿＿＿＿＿＿＿＿＿＿＿＿＿＿＿＿

4. 永某氏縱容老鼠導致了甚麼後果？請舉出其中兩項。

    (i)  ＿＿＿＿＿＿＿＿＿＿＿＿＿＿＿＿＿＿＿＿＿＿＿＿＿

    (ii) ＿＿＿＿＿＿＿＿＿＿＿＿＿＿＿＿＿＿＿＿＿＿＿＿＿

5. 為了捕殺老鼠，新主人為甚麼要闔門、撤瓦、灌穴？

    (i)   闔門：＿＿＿＿＿＿＿＿＿＿＿＿＿＿＿＿＿＿＿＿＿

    (ii)  撤瓦：＿＿＿＿＿＿＿＿＿＿＿＿＿＿＿＿＿＿＿＿＿

    (iii) 灌穴：＿＿＿＿＿＿＿＿＿＿＿＿＿＿＿＿＿＿＿＿＿

6. 老鼠之所以在永某氏家中橫行無忌，是基於哪種想法？請摘錄原文句子，並加以解釋。

    (i)   原文：＿＿＿＿＿＿＿＿＿＿＿＿＿＿＿＿＿＿＿＿＿

    (ii)  解釋：＿＿＿＿＿＿＿＿＿＿＿＿＿＿＿＿＿＿＿＿＿

# 33 大樹將軍

　　早在西漢就有這句諺語：「桃李不言，下自成蹊。」桃樹和李樹不懂得說話，卻因為能夠生出鮮艷的花朵、甜美的果實，因此吸引人們前往採摘，更逐漸走出一條路來。東漢的將軍馮異不也是這樣嗎？當人家在興致勃勃地邀功自矜時，他總是坐在大樹下，不發一語，不為自己爭半點功勞和聲譽，卻最終得到最多人、甚至是後世的讚譽。

**原文**　據南朝・宋・范曄《後漢書・馮岑賈列傳》略作改寫

　　馮異為人謙退不伐 ❶，行與諸將相逢，輒引車避道 ❷。〔接〕進止皆有表識 ❸，軍中號為整齊。見「文言知識」每所止舍 ❹，諸將並坐論功，異常獨屏 ❺〔丙〕樹下，軍中號曰「大樹將軍」。及破邯鄲〔寒丹〕，乃更部分 ❻ 諸將，各有配見「文言知識」隸 ❼。軍士俱言願屬〔足〕大樹將軍，光武以此多之。見「文言知識」

**注釋**

❶ 伐：誇耀自己。

❷ 避道：古代禮節，在道路上遇上
　尊長時，晚輩會避退到路旁，讓
　出車道，以示敬畏。

❸ 表識：標幟、旗幟。

❹ 止舍：軍隊駐紮。

❺ 屏：匿藏。

❻ 部分：部下、屬下。

❼ 配隸：隸屬、分屬。

**文言知識**

## 範圍副詞

　　範圍副詞能表示動作牽涉的範圍，可分為四類：表全部、表局部、表共同、表各自。

　　【一】表全部，即某事情的發生牽涉到所有事物，如：皆、咸、悉、舉、俱（具）、盡、畢、率、遍，意思相當於「都」。課文開首說：「進止皆有表識。」是指馮異的軍隊不論是前進，還是休息，都有旗幟來表明。

　　【二】表局部，即某事情牽涉到部分或單一事物，如：只、止、但、唯（惟）、僅、徒、獨、才，意思相當於「只是」、「獨自」。〈恨鼠焚屋〉（見頁 044）開首有這句：「越西有獨居男子。」當中的「獨」說明了這位男子是一個人居住的，沒有其他人陪伴。

　　【三】表共同，即兩個或以上的事物同時做某件事，如：凡、並、并、偕、共、同，意思相當於「一起」、「共同」。〈河中石獸〉（上）（見頁 090）提到：「二石獸並沉焉。」就是說兩隻獸形石雕同時沉到河底。

　　【四】表各自，即事物各自出現自己的情況，如：各、每、自，意思相當於「各自」、「每次」。課文中段提到：「每所止舍。」就是說馮異的軍隊多次到達駐紮的地方，每一次都發生一些事情。

《後漢書》是以東漢興亡歷史為骨幹的官修史，是南朝人范曄所編修的。

〈馮岑賈列傳〉是合傳，記述了馮異、岑彭、賈復這三位大將軍，合力扶助劉秀建立東漢的事跡（此外還有二十五位將領，合稱「雲台二十八將」）。本課就是節錄自本傳的開首部分。

課文中的馮異為人「謙退不伐」，不但會在路上禮讓對方，而且每當一眾將領在討論自己的軍功時，他總會退到大樹下，以示自己不會邀功，因而獲得「大樹將軍」的稱號。

不邀功不代表無功。相反，馮異專注於訓練士兵、指揮軍隊，因而軍功甚豐。可是正由於他從不邀功，因此不但沒有成為眾矢之的，反而深得士兵愛戴，甚至是皇帝的讚賞。

## 謙 遜

在《論語·為政》裏，孔子跟學生子路說：「知之為知之，不知為不知，是知也。」孔子認為，對於所學的知識，知道的，就要說「知道」；不知道的，要說「不知道」，這才是真正的智慧。子路生性率直，言行衝動，孔子擔心倔強的他，即使遇上不明白的地方，也會強裝說知道，因此這樣勸勉子路。

不只對學生，孔子對自己也有虛心學習的要求。據《論語·八佾》記載，孔子走進太廟，遇到甚麼不明白的，都會「每事問」。人家看到了，還以為他是否真的知道「禮」。孔子卻認為，遇到不明白的地方，向別人請教，不強裝知道，這才是真正的「禮」。

據《左傳》所載，謙遜的孔子更「見於郯子而學之」，向賢德遠不及自己的郯子請教治國之道，因而成就了韓愈〈師說〉裏「孔子師郯子」的美談。即使聖人如孔子，也要虛心從師問道，更何況是學問水平一般的我們呢？

**文章理解**

1. 試解釋以下文句中的粗體字，並把答案寫在橫線上。

    (i) 謙退不**伐**。　　　　　　　　　**伐**：＿＿＿＿＿＿

    (ii) **及**破邯鄲。　　　　　　　　　**及**：＿＿＿＿＿＿

    (iii) 光武以此**多**之。　　　　　　　**多**：＿＿＿＿＿＿

2. 試根據文意，把以下文句語譯為語體文。

    乃更部分諸將，各有配隸。

    ＿＿＿＿＿＿＿＿＿＿＿＿＿＿＿＿＿＿＿＿＿＿＿＿＿

3. 為甚麼文章說馮異的軍隊甚有紀律？

    ＿＿＿＿＿＿＿＿＿＿＿＿＿＿＿＿＿＿＿＿＿＿＿＿＿

4. 文中哪兩件事反映馮異「謙退不伐」？請填寫下列表格。

| 情景 | 馮異怎樣應對？ |
| --- | --- |
| 出行時，與一眾將軍相遇。 | i. |
| ii. | iii. |

5. 馮異的別號是「大樹將軍」，當中「大樹」是指他

    ○ A. 兒時的暱稱。　　　　　○ B. 駐軍的地方。

    ○ C. 匿藏的地方。　　　　　○ D. 木訥的性格。

6. 當朝廷調動將領時，士兵們有甚麼想法？

    ＿＿＿＿＿＿＿＿＿＿＿＿＿＿＿＿＿＿＿＿＿＿＿＿＿

# 34

# 管鮑之交

　　朋友有許多種，最寶貴的一種是當你失敗時，他不但不會嫌棄你，反而願意幫助你，甚至寧願犧牲自己的利益，也要成全你的夢想。在古代，就有<u>管仲</u>和<u>鮑叔牙</u>這經典例子；那麼你身邊也有一位像<u>鮑叔牙</u>般的朋友嗎？

**原文**　　<u>西漢·司馬遷《史記·管晏列傳》</u>

　　<u>管仲</u>曰：「吾始困時，嘗與<u>鮑叔</u>賈<sup>【古】</sup>，分財利多自與，<u>鮑叔不以我為貪</u><sup>見「文言知識」</sup>，知我貧也。吾嘗為<u>鮑叔</u>謀事而更窮困，<u>鮑叔</u>不以我為愚，知時有利不利也。吾嘗三仕三見逐於君，<u>鮑叔</u>不以我為不肖，知我不遭時也。吾嘗三戰三走，<u>鮑叔</u>不以我為怯，知我有老母也。公子糾 ❶ 敗<sup>【紹】</sup>，<u>召忽</u> ❷ 死 ❸ 之，吾幽囚受辱，<u>鮑叔</u>不以我為無恥，知我不羞小節而恥功名不顯于天下也。生我者父母，知我者<u>鮑子</u>也！」天下不多<u>管仲</u>之賢而多<u>鮑叔</u>能知人也。

**注釋**

❶ 公子糾：齊桓公的兄長，曾與桓公爭奪君位，後事敗被殺。

❷ 召忽：曾與管仲共事公子糾，公子糾死後，盡人臣禮節而自殺。

❸ 死：這裏指「為別人而死」。

**文言知識**

## 「以 …… 為」句式

「以……為」是常見的文言句式，一般有兩種用法：

【一】「以」作介詞用，相當於「把」；「為」作動詞用，相當於「當作」。故此「以……為」相當於「把……當作／作為」，有時會緊縮成「以為」。譬如：

原文：妻　不以我為　夫　。（〈蘇秦刺股〉）

譯文：妻子不把我當作丈夫。

原文：以　　為　　神。（〈黔之驢〉）

譯文：把驢子當作神靈。

【二】「以」和「為」都作動詞用，分別解作「認為」和「是」，故此「以……為」相當於「認為……是／怎麼樣」，有時會緊縮成「以為」，同樣解作「認為」。譬如本課開首：

原文：鮑叔　不以　我為貪　　　。

譯文：鮑叔牙不認為我　貪婪　　。【或】

　　　鮑叔牙不認為我是貪婪的人。

原文：以為　鄙　　　吝　　。（〈訓儉示康〉）

譯文：認為他見識淺薄、吝嗇錢財。

要留意的是，「以為」也可以解作「來作為／當成」。譬如〈扁鵲見蔡桓公〉裏有這一句：

原文：醫　之　好　治　不　病　　　以為　　　　功　。

譯文：大夫　總喜歡治療沒有生病的人，來作為自己的功勞。

管仲是春秋戰國初期齊國宰相。他之所以能夠踏上宰相之路，靠的不只是自己的能力，更是他的知己 —— 鮑叔牙的幫忙。

管仲與鮑叔牙識於微時。他們曾一起謀劃大事、當官事君、並肩打仗，可是管仲總是失敗收場。如果是一般人，早就嫌棄管仲，可是鮑叔牙卻沒有這樣做，相反，他認為管仲只是欠缺運氣而已。

後來，公子糾與齊桓公爭位，事敗被殺，公子糾的幕僚管仲卻沒有殉君。鮑叔牙認為時機已到，因而自行放棄宰相之位，反而推薦齊桓公的政敵 —— 管仲為相，管仲自此登上了權力的頂峯。

沒有鮑叔牙，就沒有管仲。因此管仲把鮑叔牙視為「知己」，就連世人也對鮑叔牙加以讚賞，程度甚至比起讚賞管仲為甚。

# 感 恩 戴 德

藍蔭鼎是臺灣知名的水彩畫家，他曾經寫過一篇散文，叫做〈飲水思源〉。文中，他記述一位老人在河邊架起水車，替鄉民擣米，拿取報酬過活。有天，這位老人多賺了幾元，因此對擣米用的杵、臼訴說自己的感謝。

後來，他發現如果沒有水車的轉動，杵、臼就不能運作；如果沒有河水，水車就不能轉動；如果沒有水源，河流就沒有水……因此，這位老人追本溯源，一步一步尋找要去感謝的事物，最終找到水源，自此定時拜祭感恩。

有次，大雨耽誤了老人前往水源拜祭。老人仰天祈求，祈求雨早點停。然而就在這刻，老人恍然大悟：是上天把甘霖降於大地的，其實一切都是上天的恩賜。他的心底響起了歡呼。

這雖然只是個故事，卻猶如藍蔭鼎所言，「生活的圈子裏，有父母、兄弟、朋友，還有許多陌生人」，一直在默默地幫助我們，因此我們要飲水思源，感謝一切幫助過我們的人。

**文章理解**

1. 試解釋以下文句中的粗體字，並把答案寫在橫線上。

   (i) 嘗與鮑叔**賈**。　　　　　　　　　　**賈**：＿＿＿＿＿＿

   (ii) 天下不**多**管仲之賢。　　　　　　　**多**：＿＿＿＿＿＿

2. 試根據文意，把以下文句語譯為語體文。

   生我者父母，知我者鮑子也！

   ＿＿＿＿＿＿＿＿＿＿＿＿＿＿＿＿＿＿＿＿＿＿＿＿＿＿＿＿＿＿

3. 管仲被監禁前曾經歷多次失敗，鮑叔牙怎樣看待他？請選出其中
   兩件事，加以說明。

   (i) 管仲的失敗：＿＿＿＿＿＿＿＿＿＿＿＿＿＿＿＿＿＿＿＿

   　　鮑叔牙看法：＿＿＿＿＿＿＿＿＿＿＿＿＿＿＿＿＿＿＿＿

   (ii) 管仲的失敗：＿＿＿＿＿＿＿＿＿＿＿＿＿＿＿＿＿＿＿＿

   　　鮑叔牙看法：＿＿＿＿＿＿＿＿＿＿＿＿＿＿＿＿＿＿＿＿

4. 公子糾失敗後，管仲沒有盡人臣的禮節自殺，當中的原因是
   甚麼？

   ＿＿＿＿＿＿＿＿＿＿＿＿＿＿＿＿＿＿＿＿＿＿＿＿＿＿＿＿＿＿

   ＿＿＿＿＿＿＿＿＿＿＿＿＿＿＿＿＿＿＿＿＿＿＿＿＿＿＿＿＿＿

5. 根據文章內容，判斷下列陳述。

|  | 正確 | 錯誤 | 無從判斷 |
|---|---|---|---|
| (i) 管仲認為召忽自殺是懦弱的表現。 | ○ | ○ | ○ |
| (ii) 世人都表示鮑叔牙才有能力當宰相。 | ○ | ○ | ○ |

# 35

# 馬 說

　　伯樂，原名孫陽，是春秋時代人，懂得鑒別馬匹的各種能力，不少千里馬在伯樂的鑒別下，都能一一被挑選，成為軍中戰馬，馳騁沙場。伯樂因而逐漸成為發掘人才者的代名詞。在現實生活裏，遇上伯樂，我們固然要感恩圖報；假若沒有遇上伯樂，我們也可以勤勤懇懇地做出成績，讓別人知道我們的才華；可是最痛苦的，相信莫過於遇上埋沒、甚至是糟蹋我們才華的平庸之輩了。

**原文**　唐·韓愈

　　世有伯樂，然後有千里馬。千里馬常有，而伯樂不常有。故雖有名馬，祇❶【只】辱於奴隸人之手，駢❷【pin4】死於槽櫪❸【瀝】之間，不以「千里」稱也。

　　馬之千里者，一食或盡粟一石❹【daam3】。食❺【字】馬者，不知其能千里而【見「文言知識」】食也【字】。是馬也，雖有千里之能，食不飽，力不足，才美不外見【現】，且欲與常馬等不可得，安求其能千里也【見「文言知識」】？

　　策之不以其道【字】，食之不能盡其材【見「文言知識」】，鳴之❻而不能通其意【見「文言知識」】，執策而臨之曰：「天下無馬。」嗚呼！其真無馬邪【見「文言知識」】？其真不知馬也【見「文言知識」】！

## 注釋

❶ 衹：通「只」，只是。

❷ 駢：一起。

❸ 槽櫪：泛稱養馬的地方。槽，餵馬的器具。櫪，馬房。

❹ 石：古代容量單位。

❺ 食：餵飼。

❻ 鳴之：馬匹嘶鳴。這裏的「之」沒有實際意思。

## 文言知識

### 虛詞「其」

「其」是常見的虛詞，它的用法和意思，詳列如下：

【一】用作代詞，相當於「他／她／牠／它（們）」，一般見於兩個動詞之間。課文第二段有這句：「不知其能千里而食也。」當中「知」是動詞，解作「知道」；「能」也是動詞，解作「能夠」；中間的「其」就是代詞，相當於「牠們」，用來指代「千里馬」。「不知其能千里」就是說「不知道牠們能夠日行千里」。

【二】用作代詞，相當於「他／她／牠／它（們）的」，一般見於名詞的前面。譬如第三段說：「食之不能盡其材。」當中「材」就是「才能」，「其」就是「牠們的」，指代「千里馬」。因此，「其材」就是「牠們的才能」。

【三】用作代詞，相當於「這」或「那」。《論語・里仁》有「不以其道得之」這句，意指「不用那正確的方法來取得富貴」。當中「其道」解作「那方法」，可以理解為「那正確的方法」。

【四】用作副詞，表示反詰的語氣，相當於「難道」。《左傳・僖公十年》有這句：「欲加之罪，其無辭乎？」當中的「其」就是解作「難道」，整句的意思是：「想安插他罪名，難道會沒有藉口嗎？」「其」也可以表示推測的語氣，相當於「恐怕」、「大概」。《國語・晉語》有「其自桓叔以下，嘉吾子之賜」這句，意思是說：恐怕自桓叔往後的子孫，都要感謝您的恩賜。

韓愈是唐代中後期人，是唐宋古文八大家之首，與同期的柳宗元一起推行古文運動，試圖扭轉當時文壇浮豔、綺麗的風氣。他曾著有〈雜說〉，包括四篇說理文：〈龍說〉、〈醫說〉、〈崔山君傳〉，還有本課〈馬說〉，這四個標題都是後人所加的。

文章描述了千里馬本來能夠日行千里，卻因為得不到相馬名家伯樂的賞識，因而「辱於奴隸人之手」，得不到合理的待遇、得不到人類的理解，結果不能發揮才能，最終失去「千里」之名。

與之前三篇一樣，〈馬說〉同樣運用了「借物說理」的寫作手法：韓愈「託物言志」，借千里馬的遭遇，抒發了自己懷才不遇、不能為世所用的感慨，同時抨擊朝中「真不知馬」的平庸之輩。

## 知 恩 圖 報

據《史記·淮陰侯列傳》所載，年少時的韓信家境貧窮，曾經到南昌亭亭長的家裏蹭飯，卻被亭長的妻子趕走。又試過在野外釣魚充飢。當時河邊有一位婦人在漂洗衣服，她見韓信如此飢餓，於是就把飯菜送給他吃。如是者，韓信吃了婦人幾十天的飯。

這天，韓信滿懷感激地跟那位婦人說：「吾必有以重報母。」那位婦人卻生氣地說：「你長得牛高馬大，卻不能養活自己，我是可憐你才給你飯吃，難道是希望你報答嗎？」

韓信知道自己一直不事生產，遭到別人白眼，因而決心奮發圖強，為自己謀出路。後來，韓信投靠劉邦，前途變得一片光明，更被封為楚王。韓信成為楚王後，馬上召見曾接濟自己的南昌亭亭長和河邊婦人，給予他們賞賜。

韓信並沒有因為亭長和婦人的言行而生氣，反而感激他們曾經救活過自己，可見貴為「漢初三傑」之一的韓信，其傑出之處，不但在於他的勇武過人，更在於他的感恩圖報。

**文章理解**

1. 試解釋以下文句中的粗體字，並把答案寫在橫線上。

   (i)　祇辱**於**奴隸人之手。　　　　　　　於：＿＿＿＿＿＿＿＿

   (ii)　安求**其**能千里也？　　　　　　　　其：＿＿＿＿＿＿＿＿

2. 試根據文意，把以下文句語譯為語體文。

   其真無馬邪？其真不知馬也！

   ＿＿＿＿＿＿＿＿＿＿＿＿＿＿＿＿＿＿＿＿＿＿＿＿＿＿＿＿＿＿＿＿

3. 餵飼千里馬的人犯了甚麼錯誤？結果導致千里馬如何？

   ＿＿＿＿＿＿＿＿＿＿＿＿＿＿＿＿＿＿＿＿＿＿＿＿＿＿＿＿＿＿＿＿

   ＿＿＿＿＿＿＿＿＿＿＿＿＿＿＿＿＿＿＿＿＿＿＿＿＿＿＿＿＿＿＿＿

4. 根據第三段，平庸之輩怎樣忽視了千里馬？請摘錄原文句子，並
   作簡單說明。

   (i)　＿＿＿＿＿＿＿：＿＿＿＿＿＿＿＿＿＿＿＿＿＿＿＿＿＿＿

   (ii)　食之不能盡其材：＿＿＿＿＿＿＿＿＿＿＿＿＿＿＿＿＿＿＿

   (iii)　＿＿＿＿＿＿＿：＿＿＿＿＿＿＿＿＿＿＿＿＿＿＿＿＿＿＿

5. 在本文裏，韓愈怎樣運用比喻來抒發懷才不遇的感慨？試根據文
   章內容，填寫下表。

   | 本體 | 喻體 | 共通點 |
   |---|---|---|
   | i. | ii. | 有才華，可惜懷才不遇 |
   | 朝中有能之士 | iii. | iv. |
   | v. | 奴隸人 | vi. |

# 第8章

## 一行不徇私情

一行幼時家貧，鄰有王姥，前後濟之約數十萬。

王姥兒犯殺人，獄未具。姥詣一行求救。

「姥要金帛，當十倍酬也；君上執法，難以情求。」

王姥戟手大罵曰：「何用識此僧！」

# 公義

公平、公正、廉潔、法治，

不只是二十一世紀的我們所一直追求的，

古人亦然：

一行法師不徇私，

孟子不無故接受黃金，

足證「千古雖變，人心惟一」的說法。


本書──也是本叢書最後的五個故事：

〈一行不徇私情〉、〈良桐〉、〈娘子軍〉、

〈孟子受金〉和〈狗猛酒酸〉，

將向大家娓娓道出

大公無私、唯才是用、男女平等、廉潔、知人善任的重要，

藉此勉勵讀者在未來的歲月裏，

繼續捍衛這些促使香港成功的核心價值。

# 36

# 一行不徇私情

上世紀九十年代，《包青天》一劇風靡港、臺地區及內地，究其原因，是因為包青天鐵面無私的正面形象深入民心，觀眾都希望包青天這位清官能出現於現實生活中。同樣，本課課文裏的一行禪師，之所以得到唐玄宗的禮遇，不只是因為他深明佛法，更是因為他為人正直不阿，即使是曾救濟過自己的恩人王老太，也不肯為她徇私。

**原文** 北宋·李昉《太平廣記·異僧六》

初，一行幼時家貧【恆】，鄰有王姥【老】❶，前後濟之約數十萬，一行常思報之。
見「文言知識」

至開元❷中，一行承玄宗見「文言知識」敬遇，言無不可。未幾，會王姥兒犯殺人，獄未具❸。姥詣一行求救，一行曰：「姥要金帛【藝】，當十倍酬也【白】；君上執法，難以情求。如何？」王姥戟手【激】❹大罵曰：「何用識此僧！」一行從而❺謝之，終不顧。

**注釋**

❶ 姥：老太太、老婦。

❷ 開元：唐玄宗的年號（公元 713 至 741 年）。

❸ 具：判決。

❹ 戟手：屈曲手臂，伸出食指。

❺ 從而：因而。

**文言知識**

# 語 譯 方 法 ： 組

　　組，是指在語譯時，將文中單字詞擴充成兩字詞（甚至是三字詞），目的在於使單字詞所指的事物更為清晰。遇上以下三種情況，都可以運用這種方法：

【一】專有名詞的簡稱

　　譬如課文第二段開首的「玄宗」，歷史上有兩位稱為「玄宗」的皇帝，第一位是中國的「唐玄宗」，第二位是越南的「黎玄宗」，課文講的當然是中國的歷史。故此，為免出現歧義，語譯時就要把簡稱「玄宗」擴充成全稱「唐玄宗」。

【二】多義詞

　　課文開首的「幼時家貧」，當中「幼」和「家」都是多義詞：「幼」既可指事物「不粗」，也可指年紀「不大」，根據文意，應當是指一行禪師「年幼」，因此要把單字詞「幼」擴充成兩字詞「年幼」。至於「家」，既可指「家庭」，也可以指「家境」，根據文意，用上「家境」比較適當，因此同樣要把單字詞「家」擴充成兩字詞「家境」。

【三】不能獨用的單字詞

　　語體文以兩字詞為主，因此語譯時最好把單字詞擴充成兩字詞。譬如「貧」就是指「貧窮」，我們現在不會單用一個「貧」字來表示，因此需要擴充成「貧窮」。至於「時」，如果連同前文「幼」字一同語譯，寫作「年幼時」是可以的；不過如果想文意再清晰一點，則可以寫作「年幼的時候」。

　　那麼大家知道「幼時家貧」這句怎樣翻譯了嗎？

　　李昉（讀【仿】）等人奉宋太宗之命，集體編纂一部靈異小說總集。由於成書於太平興國年間，而且所記內容廣泛，因此本書最終定名為《太平廣記》。

　　本課的主角一行禪師，俗名張遂，曾在嵩山、玉泉寺學習佛教經典，逐漸成名，後來唐玄宗更派專人將他接到長安，一同討論佛法。一行禪師得到玄宗的厚待，所說的話玄宗自然是沒有不聽從的。

　　一行禪師自小得到鄰居王老太的接濟，一直想給她報恩。有一次，王老太的兒子殺了人，王老太見一行禪師是玄宗身邊紅人，於是請求他出手相救。可是一行禪師卻說她的兒子殺人，玄宗依法治罪，是道理所在，他不能徇私，最終拒絕了王老太的請求。

## 大 公 無 私

　　腹𪐗（讀【吞】）不見於正史，只見於《呂氏春秋‧去私》這篇的一個小段落裏。據說腹𪐗是墨子的徒弟，曾經在秦國做官。他的兒子殺了人，根據秦國法律，應當問斬。

　　秦惠王念在腹𪐗平時為官十分清廉，而且年紀老邁，於是對腹𪐗說：「先生，你的年紀已經很大了，又沒有其他兒子，因此寡人已經下令，要求當局不殺他了。寡人知道先生為人公正，可是為了自己，先生你就在這件事上聽從我的話吧。」

　　腹𪐗卻回答說：「墨家規定『殺人者處死，傷人者受刑』。我們之所以訂立這法規，就是為了嚴禁門人殺人、傷人，這是天下的公理。大王您雖然賜給我恩惠，不殺我的兒子，但我卻不得不執行墨家法規啊！」腹𪐗最終沒有應允秦惠王，殺死了自己的兒子。

　　只有不問親疏，一律按照法律審理案件，才可以真正體現「大公無私」的法治精神。

**文章理解**

1. 試解釋以下文句中的粗體字，並把答案寫在橫線上。

   (i)　一行**承**玄宗敬遇。　　　　　　承：＿＿＿＿＿＿

   (ii)　姥**詣**一行求救。　　　　　　　詣：＿＿＿＿＿＿

2. 試根據文意，把以下文句語譯為語體文。

   姥要金帛，當十倍酬也。

   ＿＿＿＿＿＿＿＿＿＿＿＿＿＿＿＿＿＿＿＿＿＿＿＿＿＿＿＿

3. 為甚麼一行禪師經常想報答王老太？

   ＿＿＿＿＿＿＿＿＿＿＿＿＿＿＿＿＿＿＿＿＿＿＿＿＿＿＿＿

   ＿＿＿＿＿＿＿＿＿＿＿＿＿＿＿＿＿＿＿＿＿＿＿＿＿＿＿＿

4. 為甚麼王老太要找一行禪師求助？

   ＿＿＿＿＿＿＿＿＿＿＿＿＿＿＿＿＿＿＿＿＿＿＿＿＿＿＿＿

   ＿＿＿＿＿＿＿＿＿＿＿＿＿＿＿＿＿＿＿＿＿＿＿＿＿＿＿＿

5. 一行禪師拒絕王老太的請求，怎樣體現他大公無私的一面？

   ＿＿＿＿＿＿＿＿＿＿＿＿＿＿＿＿＿＿＿＿＿＿＿＿＿＿＿＿

6. 根據文章內容，判斷以下陳述。　　　正確　　錯誤　　無從判斷

   (i)　王老太用手指大力戳向一行禪師。　　○　　　○　　　○

   (ii)　王老太最終頭也不回地離開。　　　○　　　○　　　○

7. 下列哪一項是「一行從而謝之」中「謝」字的正確解釋？

   ○ A. 謝別　　　○ B. 道謝　　　○ C. 謝罪　　　○ D. 凋謝

# 37

# 良桐

　　同一臺古琴，為甚麼一定要把它改造成「古色古香」、「傷痕累累」的模樣，才可以得到人們的青睞？同樣，為甚麼一定要有着一把光潤的秀髮、帶着一副金絲眼鏡、穿着筆挺的西裝，才可以被冠上「才俊」的美名？

**原文**　明·劉基《郁離子·卷上》

　　工之僑得良桐焉，斲【啄】而為琴，弦而【見「文言知識」】鼓之，金聲而玉應，自以為天下之美也，獻之太常❶。使國工❷視之，曰：「弗古。」還之。

　　工之僑以歸，謀諸❸漆工，作斷紋焉❹；又謀諸篆工❺，作古【syun6】窾❻焉；匣而埋諸土【狹】，期年出之【基】，抱以適市。貴人過而【見「文言知識」】見之，易之以百金。獻諸朝，樂官傳視，皆曰：「希世之珍也。」

　　工之僑聞之歎曰：「悲哉世也！」

## 注釋

❶ 太常：職名，掌理宗廟禮儀。

❷ 國工：國家級工匠。

❸ 諸：兼詞，即「之於」。

❹ 焉：兼詞，即「於此」。

❺ 篆工：刻字工匠。古人多以篆體刻字，故稱。

❻ 欵：通「款」，題字。

## 文言知識

# 文 言 連 詞 （三）

本課會講解並列複句和承接複句常見的連詞。

並列複句：表示前、後句內容的性質是相同的。常見的連詞有：而、且（解作「並且」、「和」）；且 …… 且 ……（即「一邊 …… 一邊 ……」）。例如：

原文：狗　　迓　　而　齕　之　　。（〈狗猛酒酸〉）

譯文：你的狗上前，並且咬傷那孩子。

原文：　　呼　且　　號　曰。（〈哀溺文序〉）

譯文：一邊吶喊　一邊大叫説。

有時這個「而」字是無需語譯的，譬如〈狗猛酒酸〉：

原文：懷　（挈）錢　　挈壺甕　而往　酤　。

譯文：帶着　　金錢、　酒壺，　前來買酒。

承接複句：表示後句的事情緊接前句出現。常見的連詞有：而（解作「然後」、「繼而」）；便、遂、則、於是（解作「於是」、「就」）。例如課文第一段有這一句：

原文：弦　　　而　鼓　之。

譯文：配上琴弦，繼而彈奏它。

又例如〈齊景公出獵〉（見頁 048）裏有這一句：

原文：上　山　則見　虎　。

譯文：登上山中就遇見老虎。

工之僑發現了一塊優質的桐木，於是砍削為一張音色清脆優雅的古琴，再獻給朝廷。經過仔細鑒定，官員卻說這張琴一點也不古雅，只好退還給工之僑。

工之僑心有不甘，於是把這張琴略為改造，使它變得「古色古香」，然後埋在泥土下。一年後，工之僑把這張琴出土，帶到市集上兜售，結果被一位有錢人以高價收購。這位有錢人把古琴獻給朝廷。這次官員卻說：「這是稀世珍寶啊！」

同樣是那張古琴，可是稍為加工，就馬上身價百倍，這就是所謂的「先敬羅衣後敬人」。〈良桐〉就是通過工之僑的故事，去告誡君主應該唯才是用，相貌、衣着、口才並非用人的唯一標準。

# 唯 才 是 用

唯才是用，就是說只要有才能，就會加以任用而不論其身份。

據《呂氏春秋》記載，有次，晉平公請大夫祁黃羊找人來填補南陽縣縣令的空缺，祁黃羊回答說：「解（讀【械】）狐最合適不過。」晉平公驚訝地問：「他不是你的殺父仇人嗎？」祁黃羊說：「您只問我誰可以勝任，卻沒有問我解狐是不是我的仇人呀！」平公因而派解狐當南陽縣縣令，結果解狐不但真的勝任，還得到百姓的愛戴。

不久，平公又請祁黃羊找人填補朝中軍官的空缺，祁黃羊回答說：「祁午能夠勝任。」平公又奇怪地問：「祁午不是你的兒子嗎？」祁黃羊說：「你只問我誰可以勝任，卻沒有問我祁午是不是我的兒子呀！」平公就派了祁午去做軍官，同樣祁午真的勝任，也得到百姓的愛戴。

祁黃羊純粹以才能作為用人標準，不因為解狐是仇人而存心偏見，也不因為祁午是自己兒子而怕人議論，真的做到了「唯才是用」。

文章理解

1. 試解釋以下文句中的粗體字，並把答案寫在橫線上。

   (i)　**斲**而為琴。　　　　　　　　　斲：＿＿＿＿＿＿＿＿

   (ii)　**期年**出之。　　　　　　　　期年：＿＿＿＿＿＿＿＿

   (iii)　抱以**適**市。　　　　　　　　　適：＿＿＿＿＿＿＿＿

2. 試根據文意，把以下文句語譯為語體文。

   貴人過而見之。

   ＿＿＿＿＿＿＿＿＿＿＿＿＿＿＿＿＿＿＿＿＿＿＿＿＿＿＿＿＿

3. 工之僑找了甚麼人去改造自己的琴？請填寫下表。

| 人物 | 工序 | 目的 |
|---|---|---|
| i. | ii. | iv. |
| 刻字工匠 | iii. | |

4. 經過改造後的琴，怎樣得到世人的重視？

   ＿＿＿＿＿＿＿＿＿＿＿＿＿＿＿＿＿＿＿＿＿＿＿＿＿＿＿＿＿

   ＿＿＿＿＿＿＿＿＿＿＿＿＿＿＿＿＿＿＿＿＿＿＿＿＿＿＿＿＿

5. 承上題，你認為當中原因何在？這故事反映了甚麼現象？

   ＿＿＿＿＿＿＿＿＿＿＿＿＿＿＿＿＿＿＿＿＿＿＿＿＿＿＿＿＿

   ＿＿＿＿＿＿＿＿＿＿＿＿＿＿＿＿＿＿＿＿＿＿＿＿＿＿＿＿＿

6. 下列哪一個句子中的「而」字，意思跟另外三個的不同？

   ○ A. 斲而為琴。　　　　　　　○ B. 弦而鼓之。

   ○ C. 金聲而玉應。　　　　　　○ D. 匣而埋諸土。

# 38 娘子軍

論力氣，女生也許未必及得上男生，可是論決心、耐力、號召力，有時卻有過之而無不及。就好像本課的平陽公主，憑一人的力量，集結了七萬士兵，與兄長李世民一同攻陷隋朝首都大興，戰績比她的夫婿柴紹更顯赫——誰說「巾幗不讓鬚眉」這句話是假的？

**原文** 據北宋·孔平仲《續世說·賢媛》略作改寫

　　唐高祖第三女微時嫁柴紹，高祖起義兵，紹與妻謀曰：「尊公[見「文言知識」]❶欲掃清天下，紹欲迎接義旗❷。同去則不可，獨行恐懼後害，為計若何❸？」妻曰：「公宜速去，我一婦人，臨時別❹自為計。」

　　紹即間[諫]❺行赴太原，妻乃歸鄠[互]縣，散家貲[之]，起兵以應高祖，得兵七萬人，與太宗具[見「文言知識」]圍京城。號曰「娘子軍」。京城平，封平陽公主。葬時特用鼓吹[翠]❻，以賞軍功。

**注釋**

① 尊公：對對方父親的尊稱。

② 迎接義旗：投奔義軍。義旗，本來指起義軍隊的旗幟，後來借指起義的軍隊。

③ 若何：如何、怎麼。

④ 別：另行。

⑤ 間：祕密地。

⑥ 鼓吹：朝廷的儀仗樂隊。

**文言知識**

# 語 譯 方 法 ： 換

換，就是指在語譯時，將原文字詞換成新的詞語。遇上以下兩種字詞，都可以用上「換」這種語譯方法：

【一】不再使用的字詞

在課文第一段，柴紹用「尊公」來稱呼平陽公主的父親，也就是日後的唐高祖李淵。當時李淵還未成為皇帝，身份是唐國公，是一名貴族，柴紹自然要用上「尊」來稱呼，至於「公」就是對別人父親的尊稱。「尊公」二字到了今天，已經不能直接使用了，因此語譯時要用上「換」這種語譯方法，換上其他字詞，把它語譯為切合今天語境的「您的父親」。

【二】通假字

〈桃花源記〉（見頁 074）提到桃花源的村民遇上漁夫後，「便要還家」，當中的「要」並非解作「需要」、「應當」，而是「邀」的通假字，解作「邀請」。

通假字（要）跟本字（邀）沒有意義上的聯繫，純屬同音或近音，因此語譯時，一定要用上「換」這種方法，換上其他字詞，把它語譯為「邀請」，否則就會出現歧義。

孔平仲是孔子後裔，曾在開封當京官，後來雖多番被貶，卻不減其著書立說的決心，《續世說》就是他的著作之一。

《續世說》中的「世說」，是指南朝時劉義慶所撰寫的《世說新語》，《續世說》顧名思義就是延續《世說新語》的精神，收錄南北朝至五代期間的名人軼事，體例上跟《世說新語》一樣，同樣以人物言行作分類。本課〈娘子軍〉就是出自〈賢媛〉篇。

「賢媛」就是「賢德的女子」。故事講述唐高祖 李淵的第三女平陽公主，一方面讓夫婿柴紹與父親共同起兵反隋，另一方面親自組建軍隊，與兄長李世民（即後來的唐太宗）合力圍攻首都大興。到平陽公主仙逝，在她的葬禮上，朝廷特地用上專用儀仗隊為她送別，足見她反隋立唐的軍功極大。

# 男女平等

性別定型，是指社會對男女兩性所預設的標準期望和價值觀，譬如男孩子一定要活潑好動，女孩子一定要溫文爾雅。如果男孩子跳芭蕾舞、穿粉紅色衣服，會被譏諷、甚至被指責為「娘娘腔」；女孩踢足球、不穿裙子，則會被視為「粗魯」。在性別定型的觀念下，男女的角色一旦互換，就會遭到別人的嘲笑、白眼，說白點，也就是歧視。

也許很多人認為「性別定型」只是傳統觀念，無傷大雅，可是這「傳統」同樣源於對女性的貶抑和重男輕女的歧見，因此追求男女平等，才是消除「性別定型」——當然還有「性別歧視」——的不二法門。當男女的地位真的平等了，男生和女生的權益才能夠一同被重視，他們才可以遵從自己的意願行事，無需被自己與生俱來的性別定型，去做自己不願意做的事。

**文章理解**

1. 試解釋以下文句中的粗體字，並把答案寫在橫線上。

   (i) 紹與妻**謀**曰。　　　　　　　　　　**謀**：＿＿＿＿＿＿

   (ii) 公**宜**速去。　　　　　　　　　　　**宜**：＿＿＿＿＿＿

2. 試根據文意，把以下文句語譯為語體文。

   (i) 唐高祖第三女微時嫁柴紹。

   ＿＿＿＿＿＿＿＿＿＿＿＿＿＿＿＿＿＿＿＿＿

   (ii) 與太宗具圍京城。

   ＿＿＿＿＿＿＿＿＿＿＿＿＿＿＿＿＿＿＿＿＿

3. 柴紹在出發前有甚麼憂慮？

   ＿＿＿＿＿＿＿＿＿＿＿＿＿＿＿＿＿＿＿＿＿

4. 平陽公主跟柴紹說「自為計」，當中的「計」是指甚麼？

   ＿＿＿＿＿＿＿＿＿＿＿＿＿＿＿＿＿＿＿＿＿

   ＿＿＿＿＿＿＿＿＿＿＿＿＿＿＿＿＿＿＿＿＿

5. 根據文章內容，判斷以下陳述。　　　正確　　錯誤　　無從判斷

   (i) 「娘子軍」裏的所有士兵都是女性。　○　　　○　　　○

   (ii) 「娘子軍」中的「娘子」是柴紹對
   平陽公主的稱呼。　　　　　　　　○　　　○　　　○

6. 請用一句六字諺語來概括平陽公主的軍功比柴紹更出色。

   | | | | | | |
   |---|---|---|---|---|---|
   | | | | | | |

# 39

# 孟子受金

　　孟子周遊列國，遊說各國君主採納他的治國理念，有些君主接受，有些拒絕。而接受孟子理念的君主，都會送上不同的謝禮，譬如齊國、宋國、薛國的君主，都曾送上黃金。對此，孟子卻是部分接受，部分拒絕，因而受到學生陳臻的質疑，那麼孟子「受」與「不受」的原則是甚麼呢？

**原文**　據《孟子・公孫丑下》略作改寫

　　陳臻問曰：「前日❶【津】於齊，王餽兼金❷【跪】一百鎰❸【日】而不受；於宋，餽七十【見「文言知識」】【鎰】而受；於薛，餽五十 3A.【　　】【眉】而受。前日之不受是❹，則今日之受非也；今日之受是，則前日之不受非也。夫子❺必居一 3B.【　　】於此矣。」

　　孟子曰：「皆是也。當在宋也，予將有遠行。行者必以贐❻【準】，辭曰：『餽贐。』予何為不受？當在薛也，予有戒心❼。辭曰：『聞戒。』故為兵❽【cyu3】餽之，予何為不受？若❾於齊，則未有處❿【cyu3】也。無處而餽之，是貨之也！焉有君子而可以貨取乎？」【煙】

## 注釋

❶ 前日：早前。

❷ 兼金：上等黃金。

❸ 鎰：計算黃金的單位，相當於今天的三百克左右。

❹ 是：正確。

❺ 夫子：對老師的尊稱。

❻ 贐：送別時的餞行禮物。

❼ 戒心：防範意外的準備。

❽ 兵：兵器。

❾ 若：至於。

❿ 處：理由。

## 文言知識

### 量 詞 省 略

　　量詞，是表示事物單位的詞類。譬如「個」、「位」、「名」，都是用來計算人物單位的量詞，只是根據語境的差異而需要用上不同的詞語。

　　所謂「量詞省略」，就是指句子中的量詞被省略了。由於物件與量詞的關係是固定的，即使省略了，也不會出現歧義，譬如把「一個人」省略為「一人」，我們絕不會誤解為「一隻人」或「一張人」。

　　因此古人行文時，經常會把量詞省略，讓文句更為簡潔。譬如課文開首「王餽兼金一百鎰」，是指齊王給孟子送出上等黃金一百鎰。「鎰」是戰國時代計算黃金重量的單位，相當於今天的三百克左右。緊接的後文提到「餽七十而受」，是指宋君同樣給孟子送出黃金，由於所用的計算單位一樣，為了行文簡潔，文章於是省略了量詞「鎰」。由此可知，宋君給孟子送出的七十鎰黃金，也就是大約二十一公斤。

陳臻是孟子的學生，有次他問孟子：「齊王給您一百鎰黃金，您不接受；可是宋君和薛君分別送您七十鎰和五十鎰黃金，您卻接受了。假如不接受齊王的黃金是正確的話，那麼接受宋君和薛君的黃金就是錯誤的；相反，接受宋君和薛君的黃金是正確的話，那麼之前拒絕齊王就是錯誤的。反正，總有一處地方是做錯了。」

身為老師的孟子，又怎會被陳臻的詰難嚇倒？他於是不慌不忙地解釋：要離開宋國遠行，宋君送上旅費，自然無可厚非；在薛國時，傳聞有人想侵害他，薛君送上購買兵器的費用，也是無可深責；可是齊王卻是無緣無故就給孟子送上黃金。所謂「無功不受祿」，孟子一旦無故接受別人的餽贈，那就等於被人收買；收受了賄款的人，又怎可以算是君子呢？

## 談美德

# 廉潔

據西晉人司馬彪的《續漢書》記載，劉寵曾擔任會稽郡太守，由於管治有方，因此「郡中大治」，更被調回京師，升遷為「將作大匠」，掌管土木工程。

劉寵離開會稽時，有五、六位八十歲的山陰縣長者，走了數十里的路，特意前來送別他。他們知道劉寵為人廉潔，身無餘財，於是每人送上過百文錢，給劉寵在路上使用，作為對他的謝意。清廉的劉寵又怎捨得取走百姓的血汗錢？但他又不好意思謝絕百姓的好意，於是象徵式地取了一文錢，故此「會稽號寵為『取一錢太守』」。

據《續漢書》所記載，劉寵一生「家不藏賄，無重寶器，恆菲飲食，薄衣服，弊車羸馬」，生活非常節儉，可見他當時只取百姓一錢，並非為了沽名釣譽，而是生性本來如此。你叫歷代那些既貪贓、又枉法的官員情何以堪？

**文章理解**

1. 試解釋以下文句中的粗體字，並把答案寫在橫線上。

　　(i)　**餽**七十鎰而受。　　　　　　　　　　餽：＿＿＿＿＿＿＿＿

　　(ii)　**辭**曰：「餽贐。」　　　　　　　　　辭：＿＿＿＿＿＿＿＿

2. 試根據文意，把以下文句語譯為語體文。

　　焉有君子而可以貨取乎？

　　＿＿＿＿＿＿＿＿＿＿＿＿＿＿＿＿＿＿＿＿＿＿＿＿＿＿＿＿＿＿

3. 請在文中【　　】的地方補回適當的量詞。

4. 根據文章內容，填寫下列表格。

| 送金者 | 數量 | 送金的原因 | 孟子反應 |
|---|---|---|---|
| <u>宋君</u> | i. | ii. | iii. |
| <u>薛君</u> | iv. | v. | vi. |
| <u>齊王</u> | vii. | viii. | ix. |

5. 承上題，<u>孟子</u>接受和拒絕黃金的準則是甚麼？試結合文章內容，略作說明。

　　＿＿＿＿＿＿＿＿＿＿＿＿＿＿＿＿＿＿＿＿＿＿＿＿＿＿＿＿＿＿

　　＿＿＿＿＿＿＿＿＿＿＿＿＿＿＿＿＿＿＿＿＿＿＿＿＿＿＿＿＿＿

6. 根據文章內容，判斷下列陳述。　　　　　正確　　錯誤　　無從判斷

　　i.　<u>薛君</u>十分關注<u>孟子</u>的安危。　　　○　　　○　　　○

　　ii.　<u>齊王</u>想用黃金收買<u>孟子</u>。　　　　○　　　○　　　○

# 40

# 狗猛酒酸

一個地方，儘管國君胸懷大志、制度完善至美，但卻任用一班忌才的臣子，把來自各地的人才拒諸門外，或者對與自己不合的人加以陷害，那麼這個地方還是不會有所進步的。以下〈狗猛酒酸〉的故事，正是一例。

**原文** 戰國·韓非《韓非子·外儲説右上》

宋人有酤[見「文言知識」]酒者，升概 ❶ 甚平，遇客甚謹，為酒甚美，縣幟甚高，著然 ❷ 不售，酒酸，怪其故，問其所知閭[雷] ❸ 長者楊倩[zoek6]。

倩曰：「汝狗猛耶？」曰：「狗猛則酒何故而不售？」曰：「人畏焉[見「文言知識」]。或令孺子懷錢挈[核]壺罋[ung3]而往酤[孤]，而狗迓[ngaa6] ❹ 而齕[核]之，此酒所以 ❺ 酸[見「文言知識」]而不售也[見「文言知識」]。」

夫[扶]國亦有狗，有道之士懷其術而欲以明萬乘[見「文言知識」]之主，大臣為猛狗迎而齕之，此人主之所以蔽脅，而有道之士所以不用也。

**注釋**

❶ 升概：量酒用的容器。

❷ 著然：事實上。

❸ 閭：里巷。

❹ 迓：上前、迎接。

❺ 所以：這裏解作「……的原因」。

# 解 字 六 法

　　解字六法，是推敲古詩文裏難字意思的六種方法，包括：形、音、義、句、性、位。

　　形，就是通過文字的部首推敲字義。課文第二段的「甕」從「缶」部，「缶」本是一種器皿的名稱，因此從「缶」部的字多跟器皿有關，而「甕」正是同「甕」，都是器皿名稱。

　　音，就是通過難字的讀音，去找出音近、形近的通假字。〈多多益善〉有這句：「上常從容與韓信言諸將能不。」當中「常」與「嘗」相通，解作「曾經」，因為彼此都讀【裳】，而且都有着相同的部件「尚」。

　　義，就是通過多義字的某一意思，一層一層地推敲，找出該字在文中的真正意思。課文第二段末「狗迓而齕之」裏的「迓」本來解作「迎接」，可是根據文意，酒舖裏的狗十分兇猛，根本不會「迎接」客人；如果一層一層推敲，可以知道這個「迓」只是單純解作「上前」。

　　句，就是根據前文後理推敲難字的字義。譬如「酤」既可以解作「買酒」，也可以解作「賣酒」。課文開首「宋人有酤酒者」一句，並沒有說清楚宋人是買酒還是賣酒，可是根據後文「遇客甚謹」，可以知道宋人是「賣酒」之人。

　　性，就是根據難字前後文字的詞性，來推敲字義。課文第三段「萬乘之主」裏的「萬乘」是指「萬輛戰車」，借指「大國」，「主」就是「國君」。「大國」和「國君」都是名詞，可見「之」就是專門連接名詞用的「的」字。

　　位，就是根據難字的位置去推敲字義。「焉」是多音字，讀【煙】時，一般位於句子開首，多用作疑問代詞；讀【言】時，一般位於句子結尾，多用作語氣助詞。課文第二段「人畏焉」裏的「焉」位於句尾，可以推敲那是一個表示肯定語氣的語氣助詞，讀音是【言】。

韓非是戰國時代法家的代表，他在教授學生時，會用上大量故事作為教材，〈外儲說〉就是把這些教材整合起來的章節。「外」字表示這些教材還未完全整理好；〈外儲說〉共有四章，以左上、左下、右上、右下來命名，本篇就是節錄自當中的第三章。

故事講述宋國有個人開了一間酒舖，在售價、待客、酒質、招牌等方面，都做得很好，可是酒一直賣不出去，甚至因而變酸。宋人於是向鄰居長者楊倩請教。楊倩一針見血地道出當中原因：宋人所養的狗十分兇猛，因而將客人嚇跑。

其實不只狗兇猛，朝中奸臣亦然。韓非想通過這個故事，反映奸臣作惡的技倆：君主向外招攬人才，奸臣卻擔心既得利益受損，於是想盡辦法，趕走外來人才，不但把君主蒙蔽起來，甚至損害了國家利益。故此，「知人善任」非常重要。

# 知 人 善 任

據《史記・老子韓非列傳》記載，秦王政拜讀過韓非的《韓非子》後，就千方百計把他從韓國搶回來；可是與他對談後，嬴政卻發現韓非是個口吃之人，對他印象極差，因此留而不用。

與此同時，秦國宰相李斯與韓非原來是同學，曾拜荀子為師，知道自己才學遠不如韓非。李斯擔心嬴政哪天會重新任用韓非，自己必然失勢，於是先下手為強，與姚賈合謀誣陷韓非：先是進讒言，讓嬴政將韓非下獄，後來更暗中在獄中毒死韓非。不久，嬴政果然後悔不已，於是派人到獄中赦免韓非，可惜為時已晚了。

韓非本來想借宋人在酒舖養惡狗的故事，來諷喻君主要知人善任，不要讓奸臣弄權，對付外來人才。無奈，韓非這個故事卻是一語成讖，應驗在自己身上。如果嬴政當時有認真閱讀〈狗猛酒酸〉這個故事，那麼韓非就不用枉死了。

**文章理解**

1. 試解釋以下文句中的粗體字，並把答案寫在橫線上。

   (i) 怪**其**故。 　　　　　　　　　　　　　其：＿＿＿＿＿＿＿＿

   (ii) 大臣為猛狗迎而**齕之**。 　　　　之：＿＿＿＿＿＿＿＿

2. 試根據文意，把以下文句語譯為語體文。

   或令孺子懷錢挈壺甕而往酤。

   ＿＿＿＿＿＿＿＿＿＿＿＿＿＿＿＿＿＿＿＿＿＿＿＿＿＿＿＿＿＿＿

3. 宋人經營的酒舖，在下列四方面有哪些優勢？

   (i) 售價：＿＿＿＿＿＿＿＿＿＿＿＿＿＿＿＿＿＿＿＿＿＿＿

   (ii) 待客：＿＿＿＿＿＿＿＿＿＿＿＿＿＿＿＿＿＿＿＿＿＿＿

   (iii) 酒質：＿＿＿＿＿＿＿＿＿＿＿＿＿＿＿＿＿＿＿＿＿＿＿

   (iv) 招牌：＿＿＿＿＿＿＿＿＿＿＿＿＿＿＿＿＿＿＿＿＿＿＿

4. 承上題，為甚麼宋人的酒舖仍然生意冷清？

   ＿＿＿＿＿＿＿＿＿＿＿＿＿＿＿＿＿＿＿＿＿＿＿＿＿＿＿＿＿＿＿

   ＿＿＿＿＿＿＿＿＿＿＿＿＿＿＿＿＿＿＿＿＿＿＿＿＿＿＿＿＿＿＿

   ＿＿＿＿＿＿＿＿＿＿＿＿＿＿＿＿＿＿＿＿＿＿＿＿＿＿＿＿＿＿＿

5. 文中的小孩和有道之士有哪些相似的特質和遭遇？

   ＿＿＿＿＿＿＿＿＿＿＿＿＿＿＿＿＿＿＿＿＿＿＿＿＿＿＿＿＿＿＿

   ＿＿＿＿＿＿＿＿＿＿＿＿＿＿＿＿＿＿＿＿＿＿＿＿＿＿＿＿＿＿＿

   ＿＿＿＿＿＿＿＿＿＿＿＿＿＿＿＿＿＿＿＿＿＿＿＿＿＿＿＿＿＿＿

# 參考答案

## ❶ 晉平公七十而學

### 語譯

晉平公告訴師曠說：「我七十歲了，想學習音樂，恐怕已經太遲了。」師曠說：「為甚麼不燃點火把去學習呢？」晉平公說：「怎麼會有做臣子的戲弄他的君王呢？」師曠說：「失明的我怎麼膽敢戲弄我的君王呢？我聽說，年輕時喜歡學習，好像太陽升起時的日光；壯年時喜歡學習，好像中午時的陽光；老年時喜歡學習，好像燃點火把的亮光。憑着燃點火把的光亮，與在黑暗中走路，哪一個更好呢？」晉平公說：「說得好啊！」

### 文章理解

1. (i) 燃點

   (ii) 怎麼

2. 原文：炳　燭　之明　，孰與　昧　行　【孰】　　乎？

   譯文：燃點火把的亮光，　與在黑暗中走路，　哪一個更好呢？

   （「孰與」在這裏是帶有選擇成分的固定詞，相當於「……與……，哪一個更……？」。句中要比較的事情有兩項：「炳燭之明」和「昧行」，前者指燃點（炳）火把（燭）的微弱亮光（明）；後者指在黑暗中（昧）走路（行）。實際的意思是，火把的亮光雖然微弱，但總比在黑暗中走路為好，故此應該在句末補上形容詞「好」。）

3. 晉平公想學習音樂，卻恐怕七十歲才學習已經太遲。

   （「暮」本解作「傍晚」，是白天的最後時段，後來引申出「晚」、「遲」等意思。）

4. (i) 年輕時

   (ii) 太陽升起時的日光

   (iii) 壯年時

   (iv) 中午時的陽光

   (v) 老年時

186

187

(vi) 燃點火把的亮光

5. (答案只供參考)

(i) 太陽升起時，陽光不猛烈，好比年輕時好學，總有碰釘子的時候。

(ii) 中午時的陽光十分猛烈，好比壯年時好學，最有效率，最有成就。

(iii) 火把的亮光雖然微弱，卻依然能照明，好比老年時好學，雖然成就不大，但依然能有所領悟。

## ❷ 李白嗜酒

### 語譯

　　李白年輕時就有出眾的才華，心胸廣闊，不拘小節，為人灑脫不羈，有超脫塵世的心。他跟魯地中部孔巢父、韓沔、裴政、張叔明、陶沔等一眾讀書人，在徂徠山隱居，盡情歡唱、放縱飲酒，當時被稱為「竹溪六逸」。

　　唐玄宗 天寶初年，李白到會稽寄居，跟道士吳筠在剡中隱居。不久玄宗下命令，要吳筠前往京城。吳筠因而向朝廷推薦了李白。唐玄宗派遣使者召見李白，他跟吳筠一同成為聽候皇帝詔令的「翰林」官。李白本來就喜歡飲酒，每天都跟喜歡飲酒的人在賣酒的店舖喝到大醉。有一次，唐玄宗譜寫樂曲，想填寫全新的歌詞，於是急切地召見李白，可是李白已經在酒舖裏喝醉睡着了。

　　李白被召入宮後，人們就用冷水潑在他的臉上。不久，李白醒了，於是用筆寫成了十餘篇歌詞，唐玄宗非常讚賞他。李白又曾經在大殿上喝得大醉，竟然伸出腳來，命令高力士為自己脫下靴子，因此被罷免官職、趕離京城。李白於是到不同的地方流浪，整天都沉迷飲酒。

### 文章理解

1. (i) 盡情/痛快
   (ii) 讚賞/稱許
   (iii) 整天/整日

2. 原文：白　既　嗜　酒　，日　與　飲　徒　醉於　酒　肆　（醉　）。
   譯文：李白本來就喜歡飲酒，每天都跟喜歡飲酒的人　在賣酒的店舖　喝到大醉　。
   （「既」在這裏解作「本來」；「於」在這裏解作「在」，「醉於酒肆」是介賓後置的倒裝句，應該理解為「於酒肆醉」。）

3. 李白曾經跟孔巢父、韓沔、裴政、張叔明、陶沔等一眾讀書人在徂徠山隱居。/
   李白到會稽寄居時，跟道士吳筠在剡中隱居。

4. 因為唐玄宗剛譜寫好樂曲，想找人填寫全新的歌詞，因而想到李白。

5. (i) 李白醉着來到朝廷，跟唐玄宗見面，卻沒有向唐玄宗行禮。

   (ii) 李白在大殿上喝醉，竟然伸出腳來，命令權臣高力士為自己脫下靴子。

6. A. 以（句子是說李白寫成十餘篇歌詞，當中「筆」是用到的工具，故此「筆」前應該加上表示利用的介詞「以」。）

   B. 於（「殿上」是李白「沉醉」的位置，因此「殿上」前應該加上表示位置的介詞「於」。）

   C. 於（「江湖」是李白「流浪」的地點，因此「江湖」前應該加上表示位置的介詞「於」。）

7. 李白酷愛喝酒，卻因經常喝到酩酊大醉而生出事端，譬如在大殿上喝醉後，李白竟然要權臣安祿山給自己脫靴，因而遭到罷免。由此可見，凡事都必須適可而止，否則就會物極必反，闖出大禍來。

## ❸ 訓儉示康（節錄）

語譯

　　近年來社會風氣習俗變得格外奢侈，僕人穿上讀書人的衣服，農夫穿上絲質鞋子。我記得宋仁宗 天聖年間，我已故的父親擔任羣牧判官時，客人來訪，沒有不曾設置酒席，有時敬三輪酒，有時五輪，最多不超過七輪。酒是從市集購買的，水果只有梨子、栗子、棗子、柿子之類的；菜餚只有肉乾、肉醬、蔬菜湯羹，器皿用的是瓷器和漆器。那個時候的官宦人家都是這樣，別人不會批評他們宴客寒酸。他們聚會頻繁，可是只追求禮節周到；食物簡單，可是只追求情意濃厚。

　　然而，近來的官宦人家，如果酒並非官家釀製，如果水果菜餚不是遠方珍貴、奇特的食材，如果食物不是種類繁多，如果器皿不是放滿桌子，就不敢招待賓客好友。他們經常用上幾個月時間籌備聚會，然後才敢發出請帖。如果有人不這樣做，別人就會爭相批評他，認為他見識淺薄、吝嗇錢財。故此不跟隨奢侈風氣的人，大概很少了。唉！社會風氣習俗敗壞到這樣，身處高位的官員雖然不能禁止，可是難道會忍心助長這種風氣嗎？

文章理解

1. (i) 穿着

   (ii) 不是

   (iii) 批評/指責/非議

（「非」一般指「錯誤」，是名詞，在這裏臨時活用做動詞，可以解作「不是」、「批評」等。）

2. 原文：故　不隨　俗靡　（俗）者　　蓋　鮮　矣。

   譯文：故此不跟隨　奢侈　風氣　的人，大概很少了。

   （「蓋」在這裏是副詞，相當於「大概」；「鮮」是多音字，在這裏讀【癬】，表示「少」。）

3. (i) 水果只有梨子、栗子、棗子、柿子之類的

   (ii) 菜餚只有肉乾、肉醬、蔬菜羹湯

   (iii) 一定是遠方珍貴、奇特的食材

   (iv) 一定要官家釀製

   (v) 器皿

   (vi) 一定要放滿桌子

4. (i) 會數而禮勤；物薄而情厚

   (ii) 因為當時的士大夫即使聚會頻繁，可是只追求禮節周到；即使食物簡單，可是只追求情意濃厚。

   （「數」是多音字，讀【索 sok3】時，可以用作形容詞或副詞，表示「頻繁」、「多次」。）

5. 被人批評見識淺薄、吝嗇錢財。

## ❹ 蝜蝂傳

### 語譯

　　蝜蝂，是善於背負重物的小蟲子。牠爬行時遇到物件，總會拿起來，抬起牠的頭部，背負着它們。背脊越來越沉重，即使極度疲乏，牠也不停下來。蝜蝂的背脊非常粗糙，重物因而堆積起來，不會散落，牠最終因背脊過重而跌倒，不能起來。有時人類可憐牠，替牠拿走背脊上的重物。然而，如果牠還能夠爬行，又會像之前那樣，拿起重物背負起來。蝜蝂又喜歡爬上高處，用盡牠的力氣也不停下來，直至跌到地上摔死。

　　如今世上那些貪多務得的人，見到錢財就不放過，來累積他們的財產，不知道這些錢財會成為自己的負累，卻一味擔心財富積聚得不夠多。等到他們因事敗而倒台，繼而被罷免或流放，這也夠痛苦的了。他們一旦能夠東山再起，卻依然不肯戒掉這習性。整天都想着提升自己的官位，增加自己的俸祿，而且變得更貪多務得，因而走向從高處摔下的下場，看到前人因貪婪成性而自取滅亡，卻也不知道引以為

戒。雖然他們的外表高大強壯，他們的名義是「人」，可是智慧卻跟蝜蝂這小蟲子一樣。這也值得人們哀歎了啊！

**文章理解**

1. (i) 抬起

   (ii) 去除/拿走

   (ii) 值得

2. 原文：背　愈　　重　，雖　（劇）困劇　　不止　　也。

   譯文：背脊越來越沉重，即使　極度　疲乏　，牠也不停下來　。

   （句子屬假設複句，當中的關聯詞「雖」相當於「即使」；「困劇」是「狀語後置」的倒裝寫法，本作「劇困」，也就是「極度疲乏」。）

3. (i) 遇貨不避

   （「行遇物，輒持取」是指蝜蝂「爬行時遇到物件，總會拿起來」，就好像嗜取者那樣「遇貨不避」，見到錢財就不放過。）

   (ii) 卒躓仆不能起

   （「怠而躓也」是指嗜取者「因事敗而倒台」，就好像蝜蝂那樣「卒躓仆不能起」，最終因背脊過重而跌倒，不能起來。）

   (iii) 苟能起，又不艾

   （「苟能行，又持取如故」是指蝜蝂如果還能夠爬行，又會像之前那樣，拿起重物，就好像嗜取者般那樣，「苟能起，又不艾」，意指他們一旦能夠東山再起，卻依然不肯戒掉這習性。兩個句子中的「苟」都是假設複句裏的連詞，相當於「假如」。）

   (iv) 好上高

   （蝜蝂「好上高」，是指牠們喜歡爬上高處，就好像嗜取者那樣「日思高其位」，整天都想着提升自己的官位。）

4. 蝜蝂和嗜取者都會因為貪取的東西太多，而讓自己精疲力盡，最終蝜蝂在高處墜下而死；而人就會在最風光的時刻變得一無所有，甚至招來殺身之禍。

5. 柳宗元認為嗜取者雖然外表高大強壯，他們的名義是「人」，可是智慧卻跟蝜蝂這小蟲子一樣，毫無遠見。

   （原文「雖其形魁然大者也，其名人也，而智則小蟲也」是一個轉折複句，前面的「雖」解作「雖然」，後面的「而」和「則」都表示轉折，分別可以語譯為「可是」和「卻」。）

## ❺ 兩次還金

**語譯**

秀才何嶽，別號畏齋。他曾經在晚上出行時，撿到二百兩白銀，卻不敢跟家人說起這件事，擔心家人會勸告他留下這筆錢。第二天早上，他帶着白銀回到他撿拾到的地方，看到有一個人正在找東西。畏齋於是走上前，問那個人白銀的數量和封條的標記，他的回答完全吻合，畏齋於是把白銀還給他。那個人想分幾兩白銀給畏齋作為謝禮，畏齋卻說：「我撿拾到白銀時，根本沒有人知道，它們都可以算是我的物品了，可是我連這些都尚且不要，又怎麼會貪圖這幾兩白銀呢？」那個人非常感激，連番道謝，然後離去。

畏齋也曾經在做官的人家中教書，這個官員有事情要前往京城，於是將一個箱子寄存到畏齋那裏，箱子裏有數百兩黃金。這個官員說：「等到以後我回來再取走黃金。」這個官員離開了許多年，卻完全沒有消息。後來畏齋聽聞那官員的侄子因為別的事情到南方來，卻不是來取走箱子的，因此拜託官員的侄子將箱子帶回給那官員。

**文章理解**

1. (i) 吻合
   (ii) 寄存
   (iii) 攜帶
   (iv) 完全

2. 原文：【其人】欲分 數 金 （分） 為 謝 。
   譯文： 那個人想 把幾兩白銀 分給畏齋（或何嶽）作為謝禮。
   （後文提到「其人感謝而去」，當中「其人」就是指那位失主。他想把幾兩銀子分給何嶽作為謝禮，可是何嶽拒絕，那位失主因而感激何嶽。為了使文章簡潔，作者於是把前句的主語省略，這就是「蒙後省」。語譯時要補回賓語「何嶽」，以表示那位失主送上白銀的對象。）

3. （A）何嶽
   （前文提到何嶽在路上發現白銀並帶回家，第二天就帶回現場，可見後句被省略了的主語就是「何嶽」。）
   （B）宦官/官員
   （前文提到官員「有事入京」，並把一箱黃金交給何嶽保管，並跟何嶽交代事情，可見後句被省略了的主語就是「官員」。）

（C）侄／（官員的）侄子

（前文提到官員的侄子前來南京，何嶽因而想到把黃金交還給侄子，可見後句被省略了的賓語就是「侄子」。）

4. （答案只供參考）

(i) 行動；何嶽發現白銀，卻沒有據為己有，反而帶回現場，交還給失主。

(ii) 說話；失主想送何嶽白銀作為報酬，可是何嶽表明自己連二百兩白銀都沒有拿走，自然不會貪圖那幾兩報酬。（「何利此數金乎？」中的「利」解作「貪圖」。）

5. (i) 無從判斷

(ii) 錯誤

6. （答案只供參考）

何嶽是個路不拾遺、不貪圖不義之財的人。他想盡辦法把白銀歸還給失主；官員託他保管黃金，何嶽多年來都不曾把黃金據為己有。

## ❻ 搔癢

### 語譯

　　從前，有一個人身上發癢，於是叫他的兒子尋找癢處，他的兒子找了三次，可是三次都找不到。這個人又叫他的妻子尋找癢處，他的妻子找了五次，可是五次都找不到。這個人生氣地說：「妻子和孩子是最親近我的人，可是為甚麼竟然找不到癢處，使我難堪？」他於是伸出手來抓一下，痕癢就消失了。為甚麼呢？痕癢的位置，人是自己知道的。自己知道位置，於是抓癢，難道會找不到嗎？

### 文章理解

1. (i) 使人難堪／為難

(ii) 難道

2. (i) 原文：　　　　令其　妻　索　之　。

　　譯文：這個人又叫他的妻子尋找癢處。

（句子省略了主語「其人」，也就是「這個人」，語譯時需要補回，否則會出現歧義。同時，由於文中父親是第二次請別人尋找癢處，因此可以補上副詞「又」，以補充句意。）

(ii) 原文：其　人怒　　曰。

　　譯文：這個人生氣地說。

（「怒」是形容詞，解作「生氣」、「憤怒」，而「曰」是動詞，語譯時可以在兩者

之間，補回結構助詞「地」，使句意更通暢。)

3. 父親身上發癢，於是先後請兒子和妻子幫忙找出癢處，卻都無法找到。

4. 父親說妻子和孩子是最親近自己的人，卻竟然找不到癢處，讓自己這麼難堪。

5. 父親伸出手來自己抓一下，痕癢就消失了。

6. (答案只供參考)

　　身上發癢，只有自己才知道準確位置，不能假手於人，作者想藉此帶出，自己遇上的問題，必須自己解決。

7. B

　　(句子 A 和 D 都是説只有親身經歷，才能知道事情的實際情況；句子 C 是説所有問題都需要當事人親自解決，這三句都跟本文的寓意一致；句子 B 的「隔靴搔癢」雖然帶有「搔癢」一詞，可是整個成語是指隔着靴子抓癢，是難以搔到癢處的，藉此比喻做事未能掌握要點，不切合本文的寓意，因此是答案。)

## ❼ 楚王射獵

**語譯**

　　常羊向屠龍子朱學習射箭，屠龍子朱告訴常羊説：「你想知道射箭的要訣嗎？楚王到雲夢澤打獵，命令主管田獵的官員放出禽鳥和野獸，然後射獵牠們。禽鳥和野獸出來後，鹿在楚王的左面出現，幼鹿在楚王的右邊走過，楚王拉開弓，想射下牠們，這時，又有一隻天鵝在楚王的旗幟旁邊掠過，雙翼就像垂下來的雲朵。楚王把箭耽擱在弓上，不知該射向哪隻動物才好。養叔呈上諫言説：「我射箭時，會在一百步之外放置一塊葉子，然後射向它，發射十次，十次都射中；但假使放置十塊葉子在這裏，那麼能不能射中，就不是我所能確定的事情了。」楚王説：「為甚麼呢？」養叔説：「是因為心思不能專一啊！」

**文章理解**

1. (i) 你

　　(ii) 拉／拉開

2. 原文：如使置　十　葉　焉　　　。

　　譯文：假使放置十塊葉子在這裏。

　　(「如使」解作「假使」、「如果」；「焉」在這裏是兼詞，由「於」和「此」組成，相當於「在這裏」，也就是前文所説的「百步之外」。)

3. A. 常羊（句中的「謂」解作「告訴」，後面的賓語被省略了；前文提到常羊跟屠龍子朱學射箭，換言之，屠龍子朱的説話對象正是常羊。）

   B. 鹿、麋（句中的「射」解作「射下」，後面的賓語被省略了；前文提到「鹿出於王左，麋交於王右」，換言之，楚王的射獵對象正是鹿和麋。）

4. C

   （句子 A、B、D 中的「必」是副詞，分別在動詞「勝」、「去」和「倒」的前面，解作「一定」；唯獨句子 C 中的「必」在動詞「能」之後，也是動詞，解作「確定」，故此是答案。）

5. 鹿在楚王的左面出現，幼鹿在楚王的右邊走過，一隻天鵝在楚王的旗幟旁邊掠過。

   （「交」解作「走過」；「拂」解作「掠過」。）

6. (i)  鹿、幼鹿和天鵝在楚王身邊出現，因為目標太多而不能射中。

   (ii) 養叔眼前有十塊樹葉，因為目標太多而不能射中。

7. （答案只供參考）故事想帶出做事要專心一志，目標不能太多的道理。就好像培養興趣，有些人覺得興趣越多，成就越大，可是由於要學習的太多，結果反而沒有一種能夠真正學成。

## ❽ 項羽不肯竟學

**語譯**

　　項籍，是下相人，表字羽。他的叔父就是項梁。項籍年輕時，學習讀書寫字，還沒有學成就放棄了；後來學習劍術，卻又沒有學成。項梁對他感到生氣。項籍説：「讀書寫字只是足夠去記下名字、姓氏罷了。劍術，只是能夠對付一個敵人，不值得學習；我要學習對付眾人的本事。」因為這樣，項梁就教導項籍用兵法則，項籍非常高興，可是大概知道當中的大意後，又不肯學習到底。

**文章理解**

1. (i)  他的/項羽的

   (ii) 放棄（「去」在這裏讀【許】，不作「離開」解）

2. 原文：於  是　　項梁乃教　籍　兵　　法，籍　　　　喜甚　（喜　）。

   譯文：因為這樣，項梁就教導項籍用兵之法，項籍/項羽　非常　高興　。

   （「於是」在這裏解作「因為這樣」，當中「這樣」就是指項羽在前文所説的一番話。「喜甚」屬於狀語後置的倒裝句，本來寫作「甚喜」，當中「甚」是狀語，解作「非常」；「喜」是形容詞，解作「高興」。為了強調項羽高興的程度，句式於

是把狀語「甚」，從形容詞「喜」的前面移到後面。)

3. (i) 只是足夠去記下名字、姓氏罷了。

（「足以」在這裏解作「足夠去」，配合後文的「而已」，可以在答案前面加上「只是」一詞。）

(ii) 只是能夠對付一個敵人，不值得學習。

（「一人敵」就是「敵（對付）一人（一個人）」，屬賓語前置的倒裝句。與後文的「萬人」比較，「一人」的數量非常小，因此可以在答案前面加上「只是」一詞；而「不足學」中「足」則解作「值得」。）

(iii) 可以對付眾人。

（項羽沒有明言學兵法的價值，可是根據他的意願——學萬人敵，可以知道學習兵法的價值，就是「萬人敵」。跟「一人敵」一樣，「萬人敵」一樣是賓語後置了的倒裝句，本來寫作「敵萬人」，當中「萬人」並非實指，由此可以譯作「眾人」。）

4. 項梁教導項籍用兵法則，可是項籍大概知道兵法的大意後，就不肯學習到底。

（「竟」在這裏解作「完成」，可是把「竟學」寫作「完成學習」又略嫌生硬，因此可以寫作「學習到底」。）

5. （答案只供參考）

(i) 項羽沒有恆心，他學習寫字、劍術和兵法，都在中途放棄了。

(ii) 項羽不肯認錯，他中途放棄學習，只是一味為自己找藉口，卻不肯承認是自己的問題。

6. （答案只供參考）

做人要有恆心，不可以中途放棄，否則做任何事情都不能取得成功。

### ❾ 恨鼠焚屋

**語譯**

越地西部有個獨自居住的男人，編織茅草來造成屋子，努力耕作來獲取食物。時間久了，豆子、小米、鹽粒和奶酪，都不用依賴別人。他經常為有老鼠出沒而煩惱，在白天，那些老鼠就聯羣結隊地走動；到晚上，就會鳴叫和咬東西，直到日出。這個男人一直以來都討厭牠們。有一天，他帶着醉意回家，剛剛睡到枕頭上，老鼠就用各種方式激怒他，使他眼睛不能合上。這個男子於是生氣地拿起火把，四處燒老鼠。結果老鼠燒死了，但房屋也焚毀了。

第二天，這個男子酒醒了，無家可歸，感到十分徬徨。<u>龍門子</u>於是慰問他，這個男子說：「我們不可以累積怨恨啊！我起初十分討厭老鼠，眼裏只看到老鼠，卻看不到屋子，因此自己不知道災禍竟然去到這個地步。我們不可以累積怨恨啊！」

**文章理解**

1. (i) 依賴/依靠

   (ii) 合上/閉合

   (iii) 慰問

2. (i) 原文：予初　（甚　）怒　鼠　甚　。

   　　譯文：我起初　十分　討厭老鼠　。

   （「怒鼠甚」是狀語後置倒裝句。「甚」是狀語，用來描述「怒」（討厭）的程度，相當於「非常」，應該在「怒」的前面，現在後移了，因此語譯時要把它調回前面。）

   (ii) 原文：（自　）不自知　禍　　　至於此　　　　。

   　　譯文：　自己　不　知道災禍竟然去到這個地步。

   （如果把「不自知」語譯為「不自己知道」，句意就不通順。由於這句是<u>越西</u>男子自我反省的話，因此應該把「自」理解為「自不知」，也就是「自己不知道」。）

3. (i) 白天，老鼠會聯羣結隊地走動。

   (ii) 晚上，老鼠會鳴叫和咬東西，直到日出。

4. B

   （長期受到老鼠的困擾，只是<u>越西</u>男子要燒死老鼠的遠因。實際上，<u>越西</u>男子就寢後，老鼠故意激怒他，讓他不能安睡，加上他帶着醉意回家，因而才糊塗起來，一怒之下用火燒死老鼠。）

5. 指<u>越西</u>男子十分討厭老鼠，一怒之下，心裏只想到燒死老鼠的好處，卻沒想到屋子會被火燒毀。

46. D

   （句子 A、B、C 中的「之」都是人稱代詞，分別代指「老鼠」、「老鼠」和「<u>越西</u>男子」；至於句子 D 中的「之」則是結構助詞，用在「久」字後，沒有實際意思。）

## ❿ 齊景公出獵

### 語譯

　　齊景公外出打獵，登上山中遇見老虎，走入沼澤遇見蛇。回宮後，齊景公召見晏子，詢問他說：「今天我外出打獵，登上山中就遇見老虎，走入沼澤就遇見蛇，這大概是眾人所說的不吉利的事吧？」

　　晏子回答說：「一個國家有三件不吉利的事，這些都跟大王剛才說的沒有關係。有賢能的臣子，君主卻不知道，這是第一件不吉利的事；知道有賢能的臣子，君主卻不起用他，這是第二件不吉利的事；起用了賢能的臣子，君主卻不信任他，這是第三件不吉利的事。眾人所說的不吉利，只是像這樣的事情。大王今天登上山中遇見老虎，山本來就是老虎的居所；走入沼澤遇見蛇，沼澤本來就是蛇的巢穴。前往老虎的居所、蛇的巢穴，如果遇見牠們，也是正常的，怎麼會是不吉利呢？」

### 文章理解

1. (i) 這些（代指晏子在前文所說的三件不吉利的事。）

　　(ii) 前往（「如虎之室，往蛇之穴」是對偶句，當中「如」和「往」的意思是一樣的。）

2. 原文：曷　　為不祥　也？

　　譯文：怎麼會是不吉利呢？

　　（句子是一個反問句，當中「曷」是表示反問的副詞，意思相當於「怎麼」。晏子認為在山上遇上老虎、在沼澤遇上蛇是十分正常的事，根本並非不祥之兆，因此用反問句來加以強調。）

3. 在山上遇見老虎，在沼澤遇見蛇。

4. (i) 是不吉利的事

　　(ii) 是正常的事

　　(iii) 山和沼澤本來是老虎和蛇的巢穴

5. 有賢能的臣子，君主卻不知道；知道了有賢能的臣子，君主卻不起用他；起用了臣子，君主卻不信任他。

6. B

　　（句子A中的「殆」解作「大概」；句子C中的「軒」是指房間，「四遭火」就是四次遭遇火災，「得不焚」就是「能夠不被焚毀」，「神護」就是「神靈庇護」，由此可以推敲這句中的「殆」也是解作「大概」；句子D中的沛公是漢高祖 劉邦，張良是他的臣子，「從之」是指張良「追隨劉邦」，前文的「天授」解作「上天授

予」，可知張良之所以追隨劉邦，因為他估計劉邦是上天賜予的天子，帶有推測成分，由此可以推敲這句中的「殆」也是解作「大概」。唯獨句子 B 中的「殆」並不解作「大概」：「知己知彼」是指清楚敵、我雙方的情況，只有這樣，才可以做到「百戰不殆」——不論打多少場仗，都不會落敗，「殆」正是指「落敗」，跟句子 A、C、D 的不同。）

# ⑪ 虎與人

**語譯**

老虎的力氣，比人類不只大一倍。老虎的優勢，是鋒利的指爪和牙齒，可是人類沒有；加上老虎有雙倍的力氣，因此人類被老虎吃掉，自然毫不奇怪了。

然而老虎吃人不是經常遇到，可是老虎的毛皮，人類卻經常躺臥或坐着，這是為甚麼呢？因為老虎使用力氣，人類運用智慧；老虎只用自己的指爪和牙齒，可是人類卻懂得借用外物。故此力氣的效用只有一，可是智慧的效用卻有一百；指爪和牙齒的效用各自只有一，可是外物的效用卻有一百。用一來抵抗一百，即使老虎非常兇猛，也不一定能夠獲勝。故此人類被老虎吃掉，是擁有智慧和外物卻不能夠運用的結果。

因此世間上那些使用力氣卻不運用智慧，和那些只用自己的力量、卻不借用別人力量的人，都是老虎一類的動物。那麼人類擒獲他們、坐臥着他們的毛皮，又有甚麼值得奇怪呢？

**文章理解**

1. (i) 效用

(ii) 值得

2. 原文：然 虎 之食人不 恆 見 ，而 虎 之皮 人 常 寢處 之。

譯文：然而老虎 吃人不是經常遇到，可是老虎的毛皮，人類卻經常躺臥或坐着 。

（前句的「之」是結構助詞，表示某種特殊的句子結構，沒有實際意思，因此語譯時可以刪掉不理；後句的「之」是人稱代詞，相當於「它」，所指的是同一句開首的「虎之皮」，可是由於句首已經出現了「虎之皮」，換言之句末的「之」是重複了的，語譯時同樣可以刪掉不理。）

3. 為虎食

（第一段「食於虎」和第二段「為虎食」中的「於」和「為」（讀【圍】），都是表示被動的介詞，相當於「被」。兩個句子都是被動句，只是語序不一樣：第一

句的語序與英語相近，相當於「eaten by tiger」；第二句的語序則跟語體文一樣，即「被老虎吃掉」。）

4. (i) 擁有鋒利的指爪和牙齒。

   (ii) 力氣是人類兩倍。/力氣比人類大。

   (iii) 老虎的毛皮被人類坐臥着。

   (iv) 懂得運用智慧和外物/工具。

5. 本文運用了對比論證/比較論證/正反論證，因為文章通過「人用智」和「虎用力」的比較，凸顯運用智慧和工具十分重要。【或】

   本文運用了比喻論證，通過老虎只懂得使力，來比喻現實世界裏一些不懂得運用智慧和工具的人/只用自己的力量、卻不借用別人力量的人。

6. （答案只供參考）

   人類還懂得團結一致，借助彼此的力量和智慧，一起建設、一起解決問題，故此勝過動物。

## ⑫「夜半鐘聲」辨

### 語譯

　　張繼〈楓橋夜泊〉這首詩歌說：「姑蘇城外圍的寒山寺，在半夜敲起的鐘，傳到我這個客子的船上。」歐陽修嘲笑他說：「寫得很好啊！無奈半夜不是敲鐘的時候。」後來的人又說只有蘇州才有夜半鐘聲，這些說法都是錯誤的。

　　根據于鄴〈褒中即事〉這首詩歌說：「悠遠的鐘聲傳到夜半時分，明亮的月光照進一眾人家裏。」皇甫冉〈秋夜宿會稽嚴維宅〉這首詩歌說：「秋色已深，月光映照着水面；夜已過半，鐘聲隔着山傳來。」這些難道也是描寫蘇州的詩歌嗎？恐怕唐朝時候的佛寺，本來就有夜半鐘聲了。首都街道的警夜鼓至今依然廢除，年輕人閱讀唐代談及街道警夜鼓的詩歌和文章時，總是感到迷惘，一點也不能明白詩歌內容，何況是佛寺在半夜的鐘聲呢？

### 文章理解

1. (i) 錯誤

   (ii) 迷茫（「芒」在這裏通「茫」。）

2. (i) 原文：此　豈　亦　　蘇州　詩　耶？

   　　譯文：這些難道也是描寫蘇州的詩歌嗎？

   （〈褒中即事〉和〈秋夜宿會稽嚴維宅〉分別寫褒中和會稽的夜景，於是作者用

反問句來指出這些詩歌所描寫的不是蘇州，因此「耶」應該譯作表示反問語氣的「嗎」。)

(ii) 原文：夫京都街　鼓　今　尚　廢　。

　　譯文：　首都街道的警夜鼓至今依然廢除。

(直到陸游身處的時代，街鼓依然廢除，這是事實，因此作者用上發語詞「夫」，來表示下文所說的是事實，語譯時「夫」可以刪除不理。)

3. 寫得很好啊！無奈半夜不是敲鐘的時候。

(歐陽修先讚賞張繼的詩作寫得好，因此用上表示讚歎的語氣助詞「哉」。)

4. 歐陽修認為僧寺晚上沒有撞鐘的做法，以及後人認為只有蘇州才有撞鐘的做法，陸游認為都是錯誤的。

5. C（陸游先舉出歐陽修和後人的看法並加以否定，然後才提出自己的觀點。）

6. 他想證明僧寺夜半撞鐘的做法不只限於蘇州一處，還有褒中、會稽等地，藉以否定歐陽修和後人的看法。

7. （答案只供參考）

歐陽修沒有加以查證，就斷言並嘲笑張繼所寫的「夜半鐘聲」並非真有其事，欠缺科學精神，亦有欠大方。

## ⑬ 橘越淮為枳

語譯

　　晏子到了楚國，楚王賞賜晏子喝酒。他們喝酒喝得痛快時，兩個官差綁着一個人，走到楚王面前。楚王說：「這個被綁着的人做了甚麼事情呢？」官差回答說：「他是齊國人，犯了偷竊罪。」

　　楚王望着晏子說：「齊國人本來就善於偷竊的嗎？」

　　晏子離開座位，回答楚王說：「晏嬰聽說過這樣的一件事：橘樹生長在淮河以南的，就叫橘樹；生長在淮河以北的，就叫做枳樹。它們只是葉子相似罷了，它們的果實味道卻並不相同。出現這情況的原因是甚麼？是自然環境有差異啊。如今這位百姓在齊國生活時不偷竊，到了楚國後就偷竊，難道是楚國的自然環境會導致百姓善於偷竊嗎？」

　　楚王苦笑着說：「聖人是不能跟他開玩笑的，我反而自取其辱了。」

**文章理解**

1. (i) 干犯/犯下

   (ii) 只是/只有

2. 原文： （然） 所以 然者 何 ？

   譯文：出現 這情況的原因 是甚麼？

   （題目是一個疑問句。「所以」在這裏解作「⋯⋯ 的原因」；「然」在這裏是指示代詞，相當於「這」，所指代的是「橘和枳味道不同」這件事；「何」是疑問代詞，相當於「甚麼」。）

3. (i) 生長地點

   (ii) 淮河以南

   (iii) 相似

   (iv) 果實

   (v) 味道

   （句子「其實味不同」中的「其實」並非解作「實際上」；「其」在這裏是人稱代詞，所指代的是「橘和枳」，「實」是指「果實」。）

4. (i) 原文：齊人固善盜乎？

   解釋：楚王認為齊國人本身就是善於偷竊的。

   （楚王所說的這句是反問句。「固」解作「本來」，「乎」就是「嗎」，整個句子解作：「齊國人本來就善於偷竊的嗎？」楚王想藉此羞辱晏子和齊國，於是運用反問，諷刺齊國人個個天生就是小偷。）

   (ii) 原文：得無楚之水土使民善盜耶？

   解釋：晏子認為是楚國的自然環境導致齊國人偷竊。

   （晏子所說的這句也是反問句。「得無」是表示反問語氣的副詞，相當於「難道」，「耶」是表示反問的語氣助詞，相當於「嗎」，整個句子解作「難道是楚國的自然環境會導致百姓善於偷竊嗎？」楚王想羞辱晏子，晏子於是反過來羞辱楚王，説楚國的自然環境導致齊國人偷竊。）

5. 反問

6. （答案只供參考）

   自取其辱

   （楚王本想羞辱晏子，最終卻反過來被晏子羞辱，自食其果。故此「病」在這裏可以理解為「羞辱」。）

## ⑭ 宋太祖怕史官

　　宋太祖曾經在皇宮的後園用彈丸彈打雀鳥。有個臣子表示有緊急事情請求進見，宋太祖於是急忙地召見了他。可是他上奏的卻只是普通的事情罷了。宋太祖非常生氣，責問他這樣做的緣故。臣子回答說：「我認為這件事情比彈打雀鳥還重要。」宋太祖更加生氣，舉起用水晶製的小斧頭，用斧頭柄撞向臣子的嘴巴，撞脫了兩顆牙齒。這個臣子慢慢彎下身子，撿起自己牙齒，然後放在胸前。宋太祖責罵他說：「你收起這兩顆牙齒，想用來控告我嗎？」這位臣子回答說：「我沒有資格控告陛下，可是自然應該有負責記載歷史的官員記錄這件事的了。」宋太祖感到高興，於是賞賜了金錢和絲綢，還慰問他的傷勢。

**文章理解**

1. (i) 急切/急忙

   (ii) 更加

   (iii) 嗎

   （「欲訟我耶？」是反問句，當中語氣助詞「耶」說明了太祖用詰難、質問的語氣，警告臣子不要妄想控告自己，因此「耶」可以譯作「嗎」。）

2. 原文：臣以為　　　　尚急於彈　雀　（尚急）也。

   譯文：我認為這件事情　　比彈打雀鳥　還重要　　。

   （臣子在太祖彈打雀鳥時上奏政事，可見要上奏的「這件事情」比「彈打雀鳥」還重要，因此要先補回「這件事情」；同時，這句是倒裝句，「於彈雀」是表示比較介賓短語，出現了後置情況，語譯時應該移回「尚急」的前面；至於「也」是語氣助詞，表示臣子對「上奏政事比彈打雀鳥更重要」作出肯定，而在肯定句裏，「也」字是不用語譯的。）

3. 臣子上奏的只是普通事情罷了。

   （臣子所上奏的「只是」普通事情，並非太祖認為的大事，「耳」在這裏是表示限制語氣的助詞，可以語譯為「罷了」或「而已」。）

4. (i) 太祖是皇帝，地位高高在上，臣子根本沒有資格控告他。

   (ii) 臣子知道即使自己不控告太祖，身邊的史官也會記錄這件事。

   （「書」在文中是動詞，解作「記錄」。）

5. （答案只供參考）

   宋太祖是一位衝動的皇帝，臣子只是說上奏政事比彈打雀鳥還重要，他就用斧頭

柄撞擊臣子的嘴巴。【或】

<u>宋太祖</u>是一位勇於自省的皇帝，當臣子指出他的言行會被史官記下後，他馬上賞賜和慰問臣子，可見他覺察出自己做錯了。

6. (i) 無從判斷

   (ii) 正確

## ⑮ 孟母不欺子

    <u>孟子</u>年幼的時候，看到東邊的鄰居宰殺豬隻。<u>孟子</u>問他的母親說：「東邊的鄰居宰殺豬隻，為甚麼呢？」<u>孟子</u>的母親說：「他們打算給你吃。」可是<u>孟子</u>的母親馬上就後悔說了這句話，於是對自己說：「我懷着這個孩子的時候，席子擺放得不端正，我不會坐下；肉類切割得不端正，我不會進食，就是為了教導還是胎兒的他。現在孩子剛剛懂得思考，我卻欺騙他，是教導他不誠實呢。」<u>孟子</u>的母親於是買了東邊鄰居的豬肉來給<u>孟子</u>吃，證明她不會欺騙<u>孟子</u>。

1. (i) 這／這個

   (ii) 證明

2. (i) 原文：東　　家　殺　豚　，何　　為？

      譯文：東邊的鄰居宰殺豬隻，為甚麼呢？

      讀音：圍

   (ii) 原文：　　為　胎教　（胎）　　　之也。

       譯文：就是為了　教導　還是胎兒的他　。

       讀音：胃

   （「為」是多音字，既讀【圍】，也讀【胃】。讀【為】時，一般解作「做」、「是」，上句的「為」位於疑問句的末尾，是表示疑問的語氣助詞，相當於「呢」或「嗎」；讀【胃】時，一般用作連詞或介詞，多解作「為了」、「因為」，<u>孟母</u>「席不止，不坐；割不正，不食」的目的，就是「為（為了）胎教之也」。

3. (i) 起居；席子擺放得不端正，<u>孟母</u>不會坐下。

   (ii) 飲食；肉類切割得不端正，<u>孟母</u>不會進食。

4. <u>孟母</u>認為<u>孟子</u>剛剛懂得思考，如果用「欲食汝」這句話欺騙他，便是教導他不誠實。

（「知」是多音字，在文中讀【之】，解作「知覺」。「有知」本指「有知覺」，可是這裏所說的是年幼時的孟子，因此可以理解為「懂得思考」。）

5. 孟母最終買了東邊鄰居的豬肉來給孟子吃。

（「食」是多音字，「食之」不是指「吃掉孟子」，而是說「把肉給孟子吃」。）

6. （答案只供參考）

我認同，因為只要能夠安撫對方，或緩和事情的負面影響，適度說善意謊言是沒有問題的。【或】

我不認同，因為即使抱有善意，但謊言始終是謊言，終有被揭穿的一天，屆時給對方的壞影響可能更大。

# ⑯ 桃花源記（節錄）

**語譯**

　　桃花林延伸到河水的源頭，漁夫就發現了一座山。山腳有一個細小的洞口，裏面隱隱約約好像有亮光。漁夫於是下船，從洞口進入。山洞起初非常狹窄，只能容納一個人通過。漁夫再走幾十步，眼前變得開闊、明亮起來，土地平坦空曠，房屋整齊排列，有肥沃的農田、優美的池塘、桑樹和竹子之類的植物，田間小路交錯相通，可以聽到雞鳴和狗叫。在那裏來來往往、正在耕種的人，無論是男是女，他們的衣服穿戴，都跟外面的人一樣。長者和孩童，都生活愉快，各自感受到當中的樂趣。

　　桃花源的村民看見漁夫，因而非常驚訝，問他從甚麼地方前來，漁夫都一一回答他們。村民於是邀請漁夫回家，設置酒宴、宰殺雞隻，製作食物來招待他。村落裏的居民聽說有這個人，全都前來探問外面的消息。他們親自說：「我們的祖先為了躲避秦朝時候的戰亂，於是帶領妻子、兒女和同鄉來到這個與世隔絕的地方，不再出去；最終跟外面世界的人斷絕來往。」村民問漁夫現在是甚麼朝代，竟然不知道有漢朝，更不用說魏朝和晉朝了。這個漁夫一一向村民詳細講出所知道的事情，大家都十分感歎和惋惜。其他村民又各自邀請漁夫到他們家中，都提供酒菜來招待他。漁夫在桃花源逗留了幾天後，就告辭離去。這裏的人告訴他說：「這裏不值得跟外面的人提及啊！」

　　漁夫離開桃花源，找回自己的漁船後，就沿着之前的路回去，到處留下標記。到達郡城後，漁夫進見太守，告訴他桃花源這事情。

**文章理解**

1. (i) 只/僅僅

   (ii) 全部/全都

   (iii) 邀請

2. 原文：　　問　今　是　何　世　，乃　不　知　有　漢　，　無　論　魏　、　晉　。

   譯文：村民問漁夫現在是甚麼朝代，竟然不知道有漢朝，更不用說魏朝和晉朝了。

   (「世」在這裏解作「朝代」;「乃」解作「竟然」，表示「意料之外」，因為村民
   自秦朝就來到桃花源，無從得知外面的世界已經改朝換代;「無論」是古今異義
   的詞語，在今日用作連詞，相當於「不管」，可是在文中卻解作「不用說」或「不
   必說」，由於村民本來就不知道秦朝後的漢朝，因此更不會知道再之後的魏朝和
   晉朝。)

3. C（文章並無提及山洞的地勢。）

4. (i) 明朗

   (「開朗」是古今異義的詞語，今日多用於心情，表示「暢快」;本文則用於環境，
   表示「開闊、明亮」。)

   (ii) 平坦

   (iii) 空曠

   (iv) 交錯相通

   (v) （肥沃的）農田

   (vi) （優美的）池塘

   (「交通」是古今異義的詞語，今日泛指運輸工具的往來，本文則表示阡陌、道
   路「交錯、相通」。)

   (vii) 桑樹和竹子之類的植物

   (viii) 雞鳴和狗叫

5. (i) 男男女女的衣服穿戴，都跟外面的人一樣。

   (ii) 長者和孩童，都生活愉快，各自感受到當中的樂趣。

6. 村民祖先為了躲避秦朝時候的戰亂，於是帶領妻子、兒女和同鄉來到桃花源這個
   與世隔絕的地方，不再出去;最終跟外面世界的人斷絕來往。

   (「絕境」和「間隔」都是古今異義的詞語，「絕境」在今天解作「絕望的處境」，
   是貶義詞，在課文裏則表示「與世隔絕的地方」;是中性詞;「間隔」在今天一般
   指被分割出來的空間，在課文裏則指「與外人斷絕來往」。)

7. (i) 讀音：寫（或其他同音字）；意思：下/離開/捨棄

   (ii) 讀音：驅（或其他同音字）；意思：全部

   (iii) 讀音：邀（或其他同音字）；意思：邀請

8. (i) 村民叮囑漁夫不要跟外面的人提及桃花源的事。

   (ii) 漁夫做不到。他沿着之前的路回去時，到處留下標記，然後進見太守，告訴他桃花源的事情。

9. （答案只供參考）

   我不認同，因為漁夫既然答應了村民，就不應該食言。外人一旦知道桃花源的存在，就一定會破壞當地的寧靜。同時，此舉也破壞了村民對外人的信任。

# ⑰ 楚有獻鳳凰者

**語譯**

　　楚國有一個挑着山雞趕路的人，有一個路人看到他，就問他說：「這是甚麼雀鳥呢？」挑着山雞的人欺騙他說：「這是鳳凰啊！」路人說：「我聽說有鳳凰已經很久了，今天真的看到牠，你會出售牠嗎？」挑着山雞的人說：「會啊！」路人於是用千兩黃金作為報酬，楚人卻不肯出售，並請求路人出雙倍價錢，才肯把山雞賣給他。

　　路人正打算把鳳凰獻給楚王。過了一夜後，山雞卻死了。路人沒有時間惋惜他花掉的錢，只是對不能把鳳凰獻給楚王感到遺憾而已。楚國首都的百姓流傳這件事，都以為這真的是鳳凰，十分珍貴，應該把牠奉獻給楚王。這件事最終被楚王知道。楚王被那個路人打算給自己獻上鳳凰的行徑行動打動，於是召見他，更重重賞賜了他，比起他購買鳳凰的價格還超出十倍。

**文章理解**

1. (i) 晚上

   (ii) 才

2. 原文：　　乃　酬以千　金　（酬　　　　），　　弗　與　。

   譯文：路人於是　用千兩黃金　作為報酬　，他卻不肯出售。

   （「酬」是動詞，解作「酬謝」或「作為報酬」；「以千金」是介賓短語，說明「酬」的方式。句子本來寫作「以千金酬」，可是為了強調酬謝方式，於是將介賓短語「以千金」從「酬」的前面移到後面。）

3. 他提出路人出雙倍價錢，才願意把山雞賣給他。

4. 首都的百姓間流傳這件事，都以為這真的是鳳凰，十分珍貴，應該把牠奉獻給楚王。

5. (i) 遂聞於楚王

(ii) 這件事最終被楚王知道。

（「遂」在這裏解作「最終」；「聞」是動詞，解作「知道」；「於楚王」是介賓短語，說明了知道這件事的對象。這句本來寫作「於楚王聞」，可是為了強調這個對象，句子於是把「於楚王」，從「聞」的前面移到後面。）

6. (i) 無從判斷（文章只提到山雞過了一晚就死去。）

(ii) 錯誤（是楚王親自召見路人。）

7. （答案只供參考）

他們連環受騙，是因為沒有查清楚眼前的是否真的是鳳凰。由於未曾見過鳳凰，他們因而很容易一廂情願地把眼前的山雞當成鳳凰。

## ⑱ 三重樓喻

**語譯**

　　有一個富有但愚蠢的人，癡呆到甚麼道理也不知道。有一次，他到另一個有錢人的家裏，看見一座三層高的樓房，高大、寬敞、莊嚴、華麗，心裏十分渴望，而且羨慕對方。這個愚蠢的富人馬上請來一位木器工匠，並問他：「現在你可以為我，建造一座像他一樣的三層樓房嗎？」這時，木匠就馬上丈量地基，堆砌磚塊，建造高樓。

　　這個愚蠢的富人看見木匠堆砌磚塊，建造房屋，感到十分疑惑，不明白木匠在做甚麼，於是問木匠說：「你打算做甚麼呢？」木匠回答說：「建造三層樓房嘛。」愚蠢的富人接着說：「我不想要最下兩層的樓房，你應該先給我建造最上面那層。」木匠回答說：「沒有這種事吧！怎麼能夠不建造最下層的房子，反而可以建造第二層的房子？不建造第二層，又怎麼能夠建造第三層房子？」這個愚蠢的富人堅持說：「我現在不需要最下兩層房子，你一定要給我建造最上面的那層。」

**文章理解**

1. (i) 感到

(ii) 這／這種

（「是」一般有兩個解釋：「這」和「是」。愚人要求工匠只需興建最頂層的樓房，工匠知道「這個」要求是不可行的，於是回答「無有是事」，意指「沒有這種事（只興建最頂層）」。）

(iii) 堅持/固執

（「固」有多個解釋：「堅固」、「固定」、「堅持」。後文愚人所説的「我今不用，下二重屋，必可為我，作最上者」，其實早在前文已經提及過：「我不欲下二重之屋，先可為我，作最上屋。」雖然遭到工匠的拒絕，可是愚人卻依然要工匠這樣做，可見當中的「固」就是表示「堅持」或「固執」。）

2. 原文：我不欲　　下二重之屋　　。
   譯文：我不想要最下兩層的樓房。

3. 愚人認為樓房高大、寬敞、莊嚴、華麗。

（「廣」有多個解釋：「寬敞」、「散播」、「眾多」；「嚴」也有多個解釋：「嚴格」、「莊嚴」、「威嚴」；「麗」也有多個解釋：「美麗」、「華麗」。可是用於房屋的話，就只能理解為：寬敞、莊嚴、華麗。）

4. 愚人不想工匠興建最下兩層的樓房，只需建造最上面那層。

5. B

6. 不可能，因為興建樓房必須從最底層開始，不興建第一層，就不可能興建第二層；不興建第二層，就不可能建成頂層。

7. 高樓從地起/高樓平地起

8. （答案只供參考）

譬如有一些人想學習外語，卻不先從最基本的詞彙學起，反而想學習一些艱深的句子。

## ⑲ 河中石獸（上）

**語譯**

滄州南面有一座靠近河岸的寺廟。寺廟的大門倒塌到河流裏，兩隻獸形石雕同時在這裏沉沒。經過了十多年，一眾僧人募集資金重新修築寺廟，於是到河流裏尋找獸形石雕，最終也不能找到。一眾僧人認為獸形石雕已經順着水流，流到下游了，因而划着幾隻小船，拖着鑄造的鈀，向下游尋找了十多里，卻始終沒有發現獸形石雕的蹤跡。

一位講授學問的大師在寺廟裏教授學生，聽聞這件事後，就笑着説：「你們不能夠推敲事物的性質。這兩隻獸形石雕不是木片，怎麼能被突然上漲的洪水帶走呢？只是因為石頭的性質堅硬、沉重，泥沙的性質鬆軟、輕浮，獸形石雕被埋沒在泥沙裏，越沉越深而已。為甚麼不在河底裏尋找它們呢？沿着河岸尋找它們，不是十分瘋癲嗎？」大家拜服，都認為這是正確的説法。

**文章理解**

1. (i) 靠近

   (ii) 被

   (iii) 拜服

2. 原文：　　僧　募　金　重　修　　　，

   譯文：一眾僧人募集資金重新修築寺廟，

   原文：　　求諸【之　　　　於】水　中　（求　）

   譯文：於是　　（獸形石雕）到　河流裏　尋找　獸形石雕。

   (「諸」在這裏是一個兼詞，由「於」和「此」組成，「求『諸』水中」就是「求『之於』水中」，當中「之」是指獸形石雕，而「於」則相當於「到」或「在」。同時，後句是一個倒裝句，語譯時，要把「求之於水中」理解為「於水中求之」，也即是「到河流裏尋找獸形石雕」。)

3. 僧人起初在附近河流裏尋找石雕，後來改為划着小船，沿着河岸，到下游尋找，因為他們認為石雕應該已經順着水流，流到下游去。

4. (i) 盍求之地中？

   (ii) 講學家認為要到河底裏尋找。

   (「盍」在這裏是兼詞，由「何」和「不」組成，表示「為甚麼不」。講學家認為在河水裏尋找石雕十分瘋狂，認為石雕被埋沒在泥沙裏，到河底裏尋找最為適合，因此用語帶反問的「盍」來強調自己的看法。)

5. 講學家認為獸形石雕不是木片，性質堅硬、沉重，不會被洪水帶走，反而會因河中泥沙鬆軟、輕浮而沉沒在泥沙裏，越沉越深。

6. (i) 正確

   (「山門圮於河」這句沒有交代大門倒塌的原因，可是後文「豈能為暴漲攜之去」這句中的「暴漲」是指「突然上漲的河水」，只有洪水才可以令河水突然上漲，繼而沖毀大門。)

   (ii) 正確

   (文末，講學家說：「沿河求之，不亦傎乎？」當中「傎」通「癲」，解作「瘋狂」、「瘋癲」。)

## ⑳ 河中石獸（下）

### 語譯

一位治理河道的年老士兵聽説了大學問家的説法，又笑着説：「你們太愚蠢了！凡是跌入河流裏的石頭，都應當在河流的上游尋找它。因為石頭的性質堅硬、沉重，泥沙的性質鬆軟、輕浮，水流不能夠沖走石頭。水流反衝的力量，一定會在石頭之下、迎着水流的地方，侵蝕泥沙，形成坑洞。水流越激越深，當坑洞擴展到石頭底部的一半時，石頭必定傾倒到坑洞裏。像這樣繼續侵蝕，石頭又會再次轉動，像這樣不停轉動，最終便反過來逆着水流、返回上游了。到河流下游尋找它們，本來已經瘋狂；到河底裏尋找它們，不是更瘋狂嗎？」大家依照他的説話尋找獸形石雕，果然在幾里外的上游尋回。

既然這樣，那麼世間上的事情，只知道表象，卻不知道本質的情況太多了，難道就可以單憑常理，主觀地作推斷嗎？

### 文章理解

1. (i) 跌入

   (ii) 本來

   (iii) 主觀

2. 原文：【於】（地　中）求　之　**地中**，不　更傎　乎？

   譯文：到　**河底裏**　尋找它們　，不是更瘋狂嗎？

   （「求之地中」省略了介詞「於」，應作「求之於地中」；同時，句子是「介賓後置」倒裝句，介賓短語「於地中」解作「到河底裏」，應當從謂語「求之」的後面移回前面，寫作「於地中求之」。）

3. (i) 愚矣，爾輩！

   (ii) 老河兵説：「你們太愚蠢了！」/ 老河兵認為僧人太愚蠢了。

   （「愚矣，爾輩！」是「謂語前置」的倒裝句，本來寫作「爾輩愚矣！」，意指「你們太愚蠢了！」，可是為了強調對僧人的評價，句子於是將謂語「愚矣」，從主語「爾輩」的後面移到前面。）

4. 衝擊；水流；泥沙；坑洞；一半；坑洞；轉動；不停；逆着；上游

5. （答案只供參考）

   作者想藉此諷刺那些只看表象，不作深入分析的人，他們只是憑所謂常理，來主觀地推斷事物，卻是毫無根據可言。

㉑ 狼（其二）

**語譯**

　　一個屠夫在晚上回家，擔子裏的肉賣光了，只剩下一些骨頭。路上有兩隻狼，牠們在後面緊貼地跟着屠夫，走了很遠。屠夫十分害怕，於是把一根骨頭扔下，希望引開牠們。一隻狼得到骨頭後就停了下來，可是另一隻狼仍然跟着屠夫。屠夫又扔出一根骨頭，後面得到骨頭的狼停了下來，可是前面的狼又來到。骨頭已經扔光，可是兩隻狼仍然像剛才那樣一起跟着他。

　　屠夫非常窘迫，恐怕被牠們前後夾擊。這時候，屠夫看到野外有一片曬麥場，麥場主人在場上堆起了柴草，用布匹遮蓋着，成了一座小山丘。屠夫於是跑過去，倚靠在柴堆下方，放下擔子，拿起屠刀。兩隻狼不敢再向前走，只是一直盯着他。

　　不久，有一隻狼直接離開，另一隻狼像狗一樣蹲在屠夫面前。時間久了，這隻狼的眼睛好像睡着了一樣，神態十分從容。屠夫趁機突然跳起來，用屠刀劈向狼頭，又砍了數刀，將狼殺死。屠夫正想離開，卻轉身看見柴堆後面，另一隻狼正向柴堆裏挖洞，打算鑽入柴堆裏，來攻擊屠夫的背脊。這隻狼的身體已經鑽進了一半，只露出屁股和尾巴。屠夫於是從後面砍斷狼的大腿，也殺死了牠。這時，屠夫才明白剛才前面的狼只是假裝睡覺，為了迷惑自己，好讓後面的狼從後攻擊。

　　這兩隻狼也算是狡猾了，可是在短時間內牠們都被殺死，禽獸的詭變巧詐能夠有多少呢？只是給人們增添一些笑料罷了。

**文章理解**

1.　(i)　只（「止」在這裏是「只」的通假字。）

　　(ii)　看到

2.　(i)　原文：骨 已 盡 矣，而 兩 狼之 　【如故 】　 並 驅 　如故。
　　　　譯文：骨頭已經扔光 ，可是兩隻狼 仍然 像剛才 那樣一起跟着他 　。
　　（屠夫之所以要扔骨頭，是想用來吸引兩隻狼，避免牠們再跟蹤自己，怎料不能成功，兩隻狼繼續跟蹤自己，這跟屠夫所想的有出入，故此用了表示轉折的連詞「而」。）

　　(ii)　原文：　　　　意將隧入　　　 以攻 其 　後 也。
　　　　譯文：後面的狼打算鑽入柴堆裏，來攻擊屠夫的背脊 　。
　　（後面的狼鑽入柴堆裏，目的就是想趁屠夫不為意，從後偷襲他的背脊，故此用了表示目的連詞「以」。）

3. (i) 前面的狼坐在屠夫前面，假裝睡覺的樣子，目的是想轉移屠夫的視線，讓後狼從後襲擊。

 (ii) 後面的狼鑽入柴堆的後面，打算趁屠夫不為意的時候，從後面突襲。

4. 作者不認為兩隻狼是狡猾，因為牠們先後在短時間內被屠夫殺死。

 (「狼亦黠矣」看似是認同狼的狡猾，隨後的句子「頃刻兩斃」卻用上表示轉折的連詞「而」，說明狼的狡猾本應可以讓牠們殺死屠夫，但事實並非如此，故此狼不是真的狡猾。)

5. 屠夫採取「螳螂捕蟬，黃雀在後」的對策，趁後狼還在柴堆裏鑽洞的時候，從後面突襲，把牠殺死。

6. (i) 錯誤

 (ii) 無從判斷

## ㉒ 不龜手之藥

**語譯**

　　莊子說：「宋國有個人，善於製作防止雙手龜裂的藥，他一家人世世代代都把漂洗棉絮作為事業。有個外地人知道這件事，於是請求用一百兩黃金購買他的藥方。宋國人召集全家人商量說：『我們世代都從事漂洗棉絮，賺取的只是幾兩黃金；如今賣掉這條藥方，一日之內就可以得到百兩黃金。請讓我賣給他。』這位外地人得到藥方後，就用來遊說吳王。越國向吳國開戰，吳王命令他帶領軍隊抵抗，冬天時跟越兵在水中作戰。這位外地人就是憑着這藥方，不讓士兵的雙手龜裂，結果大規模擊敗越人。吳王於是劃出土地，封賞給他。同是一道能夠防止雙手龜裂的藥方，有人依靠它得到封地，有人卻擺脫不了用它來漂洗棉絮的命運，這是因為使用方法有所不同。」

**文章理解**

1. (i) 召集

 (ii) 領兵/帶領士兵

2. 原文：請 （以百 金 ）買 其 方 以百金。

 譯文：請求 用一百兩黃金 購買他的藥方 　　 。

 (「百金」解作「百兩黃金」，是名詞詞組，故此「以」在這裏應該是介詞。句中的百兩黃金，是用來購買宋人的藥方的，因此「以」在這裏應該語譯為「用」。同時，「以百金」位處句子結尾，出現了「介賓後置」的倒裝情況，語譯時應該

移回「買其方」的前面，表示購買的方法。）

3. 宋人請求家人容許他把不龜手之藥的藥方賣給吳客，因為他們世世代代漂洗棉絮，只不過賺取幾兩黃金，可是把藥方賣出，就可以賺取百兩黃金。

4. 吳客買下藥方，是用來遊說吳王，讓士兵在打仗時用上這不龜手之藥。

（原文句子「客得之，以説吳王」，是指吳客買下不龜手之藥的藥方，目的就是「説吳王」。當中「説」解作「遊説」，是動詞；「以」在這裏是表示目的的連詞。）

5. (i) 擺脱不了漂洗棉絮的命運

(ii) 得到封地

(iii) 用不龜手之藥來幫助整個國家

6. A；D

7. （答案只供參考）

我會把葫蘆瓜當作水泡，讓自己可以浮在水上暢泳。【或】

我會把葫蘆瓜直接食用，省下買菜的金錢。

## ㉓ 口蜜腹劍

### 語譯

　　李林甫擔任丞相時，凡是才華、聲望、功勞、事業超越自己之上，以及被皇上厚待、勢力和地位將要威脅自己的人，他一定會用盡所有計謀剷除他們。李林甫尤其忌憚有文學才華的讀書人，有時候表面上跟他們展示友好，用動聽的説話來引誘，然後暗地裏陷害他們。當時的人説李林甫「嘴巴裏含着蜜糖，肚子裏卻懷有刀劍」。

### 文章理解

1. (i) 擔任

(ii) 被

(iii) 忌憚

2. 原文： 必　　　　百 計　　去 之 。

譯文：他一定會用盡所有計謀，剷除他們。

（「百計」不是指「一百種計謀」，而是泛指「所有計謀」；「去」在這裏讀【許】，解作「剷除」；「之」在這裏是人稱代詞，指代前文「凡才望功業出己右，及為上所厚、勢位將逼己者」，可以用「他們」來概括。）

3. (i) 才華、聲望、功勞、事業，超越自己之上的人

(ii) 被皇上厚待的人

(iii) 勢力和地位將要威脅自己的人

4. (i) 表面上表示友好，用動聽的説話來引誘朝中的文學之士。

（「陽與之善」中的「陽」是副詞，解作「表面上」。）

(ii) 暗地裏陷害朝中的文學之士。

（「陰陷之」中的「陰」是副詞，解作「暗地裏」。）

5. （答案只供參考）

我認為「口有蜜，腹有劍」的人較可怕，因為他們表面友善，讓人防不勝防，一
不留神便中了他們的圈套。【或】

我認為「刀子嘴，豆腐心」的人較可怕，因為他們雖然心腸不壞，可是説話卻不
顧人感受，讓人難堪。

# ㉔ 孝丐

**語譯**

　　有一個籍貫不明的乞丐。明孝宗在位的時候，這個乞丐曾經在吳地的市集乞
討。凡是乞丐所得的食物，多數不吃，卻總是把它們分開儲存在竹筒裏。看到這個
乞丐的人都感到奇怪，日子久了，就有人問乞丐當中原因，乞丐説：「我還有母親在
世，我要把這些食物給她吃。」吳地市集裏一些喜歡多事的人，想追查乞丐所説的
是否屬實，於是跟隨他的行蹤。

　　走了一里多的路後，乞丐到了河邊。竹樹枝葉茂盛，一艘破舊的小艇綁在柳樹
的樹蔭下。小艇破舊，卻十分整潔。有一位老婦人坐在裏面。這個乞丐坐在岸上，
拿出所儲存的食物，整理一下，然後雙手捧到船上，排列好食物後就倒酒，然後跪
在母親跟前，侍奉她吃。等待母親舉起酒杯後，乞丐就起身唱起歌來，還表演兒童
遊戲，來取悦母親。母親把食物吃光後，這個乞丐才去乞討其他食物。有一天，這
個乞丐在路上乞討食物，卻甚麼也乞不到，十分疲憊。有一個叫沈孟淵的人，為這
個乞丐感到哀傷，於是給予他食物，甚至稍為救濟他。可是這個乞丐寧願忍着肚
餓，也始終不肯比母親先吃。像這樣過了幾年，乞丐的母親去世後，大家都不知道
這個乞丐的下落。

**文章理解**

1. (i) 破舊

(ii) 其他

2. 原文：見者　　　　　　　以為異　，　　久之　，　　　詰其　　　故　。

   譯文：看到這個乞丐的人都感到奇怪，日子久了，就有人問乞丐當中原因。

   (「久之」中的「之」是結構助詞，用在時間名詞「久」字後面，沒有實際意思，可以刪除。)

3. 乞丐說還有母親在世，因此要把這些食物先給她吃。

4. 他們想追查乞丐所說的是否屬實，於是跟隨他的行蹤。

   (「窮」這裏解作「追查」；「跡」本是名詞，這裏用作動詞，表示「跟隨」；「之」這裏是代詞，相當於「他的」，也就是「乞丐的」。)

5. (i)　正確

   (「跽」解作「跪下」。)

   (ii)　無從判斷

6. (答案只供參考) 因為母親年紀老邁，不能餓着肚子，加上乞丐不想飯菜變冷，於是總是給母親先吃飯菜。

7. D

   (選項A「且少周之」裏的「之」是指乞丐，「周之」就是「接濟乞丐」；選項B「哀而與之食」裏的「之」也是指乞丐，「與之食」就是「給予他食物」；選項C「每分貯之筒筐中」，裏的「之」是指食物，「分貯之」就是「把它們分開儲存」。三者所指的事物並非完全一樣，卻同屬人稱代詞，用法是一樣的。唯獨選項D裏的「之」是結構助詞，相當於「的」，用來連接「柳陰」和「下」這兩個名詞，「柳陰之下」就是「柳樹樹蔭的下面」。)

## ㉕ 「不為」與「不能」

### 語譯

孟子說：「大王不能夠以王道統一天下，是因為不肯做，而不是不能做。」

梁惠王說：「怎樣區別不肯做與不能做的表現？」

孟子說：「用腋窩挾住泰山來跨越北海，你告訴別人說『我不能做到』，這確實是不能做到。為老人家鞠躬敬禮，你告訴別人說『我不能做到』，這是不肯做，而不是不能做。故此大王不能夠以王道統一天下，不屬於用腋窩挾住泰山來跨越北海這一類事；大王不能夠以王道統一天下，是屬於為老人家鞠躬敬禮這一類事。敬愛自己的老人家，然後推廣到別人的老人家；愛護自己的孩子，然後推廣到別人的孩子。只要愛護全國百姓，那麼統一天下就好像在手掌上轉動東西般那麼容易。故此，推廣恩德，就能夠安定天下，不推廣恩德，就沒有辦法保護妻子兒女。

「古代聖人比別人優秀的原因，沒有別的，只是善於推廣他們的恩德而已。用秤稱一下，就知道物件的輕重；用尺子量一下，就知道物件物的長短。所有物件都是這樣，人心更是如此。大王，請您思量一下吧！難道大王要發動戰爭，讓將士陷於危險，與諸侯結下仇怨，這樣心裏才痛快麼？」

**文章理解**

1. (i) 告訴

   (ii) 思量/考慮

   (「度，然後知長短」裏的「度」是動詞，解作「量度（長短）」，但這譯法只適用於物件；原文「王請度之」是孟子勸告梁惠王要想清楚，因此不能直接寫作「量度」。)

2. 原文：(何以異　) 不　為者與不能　者之形　何以異？

   譯文：　怎樣區別　不肯做　與不能做　的表現　　　？

   (原文是倒裝句，「何以異」應該調回句子開首。當中「何」解作「甚麼」，「以」解作「用」，因此「何以」的字面解作「用甚麼」，實際上就是「怎麼」、「如何」。)

3. (i) 用腋窩挾住泰山來跨越北海。

   (ii) 為老人家鞠躬敬禮。

   (iii) 是不肯做，而不是不能做。

4. 屬於「為老人家鞠躬敬禮」這類事情。

5. (i) 老吾老，以及人之老；

   　　幼吾幼，以及人之幼。

   (ii) 敬愛自己的老人家，然後推廣到別人的老人家；

   　　愛護自己的孩子，然後推廣到別人的孩子。

   (「老吾老」中的兩個「老」字本來都解作「老人家」，是名詞；可是當第一個「老」字與後面的賓語「吾老」結合後，就會出現「意動」，從名詞變成動詞，並帶有「把賓語（吾老）當作老人家」的意思，故此「老吾老」字面應解作「把自己的老人家當作老人家」，實際上是指「敬愛自己的老人家」。「幼吾幼」中的兩個「幼」字本來都解作「孩子」，是名詞；可是當第一個「幼」字與後面的賓語「吾幼」結合後，就會出現「意動」，從名詞變成動詞，並帶有「把賓語（吾幼）當作孩子」的意思，故此「幼吾幼」字面應解作「把自己的孩子當作孩子」，實際上是指「愛護自己的孩子」。至於「及」字則解作「推廣到」。孟子的意思是，梁惠王想做到「王天下」，基本條件是要愛護所有百姓，不只是愛護自己的孩子和老人，更要把這份愛推廣到人家的孩子和老人上。)

6. 讓將士陷於危險，與諸侯結下仇怨。

（「危士臣」中的「危」是名詞，解作「險境」，當與後面的賓語「士臣」結合後，就會出現「使動」，從名詞變成動詞，並帶有「使賓語（士臣）陷入險境」的意思。換言之，「危士臣」就是解作「讓將士陷於危險」。）

## ㉖ 景公衣狐白裘

### 語譯

齊景公在位的時候，下了雪三天卻不放晴。景公披着用狐狸腋下白毛做的皮衣，坐在宮殿正堂旁邊的臺階上。晏子進宮拜見景公，站了一會兒。景公説：「奇怪啊！下了雪三天，可是天氣卻毫不寒冷。」

晏子回答説：「天氣不冷嗎？」景公笑了。晏子説：「我聽聞古代賢能的國君，自己吃飽了，卻也會體察百姓飢餓；自己穿暖了，卻也會體察百姓寒冷；自己安逸了，卻也會體察百姓勞苦。現在大王您卻沒有體察別人的苦況啊。」

景公説：「説得好！我接受你的教誨了。」於是下令發放皮衣、糧食，給予飢餓、寒冷的人；下令在道路上看到的人，不用詢問他們的籍貫；在街巷裏看見到的人，不用詢問他們的住所；巡視全國統計人口數字，不用詢問他們的名字。如果是已經有工作的讀書人，就給予兩個月的糧食；如果是患病的人，就給予兩年的糧食。

孔子聽聞這件事後，就説：「晏子能夠表明他想説的諫言，景公能夠推行他認為是好的政策。」

### 文章理解

1. (i) 披上（「被」是「披」的通假字。）
   (ii) 一會兒

2. 原文：雨　雪三日　而　天　　不　寒。
   譯文：下了雪三天，可是天氣毫不寒冷。
   （「雨」讀【預】時，作動詞用，解作「下（雨、雪）」。運用對譯，把句中字詞逐一順序譯出來，就能語譯出通順的語體文句子。）

3. (i) 吃飽
   (ii) 體察百姓飢餓。
   (iii) 體察百姓寒冷。
   (iv) 安逸
   (v) 體察百姓勞苦。

4. (i) 發放給在道路上看到的人，不用詢問他們的籍貫

(ii) 發放給街巷裏看見到的人，不用詢問他們的住所

(iii) 巡視全國統計人口數字，發放給百姓，不用詢問他們的名字

5. 兩個月；患病的人；兩年（「兼」解作「加倍」，在文中可以理解為「兩個」。）

6. 景公能夠推行他認為是好的政策，晏子能夠表明他想說的諫言。

（「善」在這裏作動詞用，解作「認為是好」；「欲」是「想」；「所」是代詞，意思相當於「⋯⋯的人/事情/物件」，卻由於用在動詞前面，運用對譯的話，「所善」就會寫作「的政策（所）認為是好（善）」，「所欲」就會寫作「的諫言（所）想說（欲）」，不符合語體文的語序，由此應該將「的政策」和「的諫言」移到後面，寫作「認為是好的政策」和「想說的諫言」。）

## ㉗ 知魚之樂

**語譯**

　　莊子和惠子在濠水的橋樑上遊玩。莊子說：「鯈魚在河水裏暢遊，多麼悠閒自得，這是魚的快樂啊！」惠子說：「你不是魚，怎麼知道魚是快樂的？」莊子反駁說：「你不是我，又怎麼知道我不知道魚是快樂的？」惠子回應說：「我不是你，本來就不知道你的想法；可是你本來也不是魚，因此你是完全不知道魚是快樂的。」莊子說：「請讓我追溯我們原來的話題。你跟我說『你怎麼知道魚是快樂的』這句話，就是已經知道我知道魚是快樂，才來問我的。我就告訴你吧：我是在濠水的橋上知道魚是快樂的。」

**文章理解**

1. (i) 橋樑

(ii) 本來

2. 原文：子　非魚，安　知　魚之　樂　　？

譯文：你不是魚，怎麼知道魚　是快樂的？

（「子」是第二人稱代詞，是惠子對莊子的稱呼，相當於「你」；「安」是帶有反問語氣的副詞，相當於「怎麼」；「之」在這裏只是沒有實際意思的結構助詞，因此不用語譯。）

3. 惠子是名家學派的創始人，講求「名」和「實」相符，因為莊子是人，魚是動物，是兩個不同個體，不可能知道對方心意，因此他不認同莊子認為魚兒快樂的說法。

4. <u>莊子</u>説<u>惠子</u>不是他自己，是兩個不同個體，不可能知道對方想法，故此<u>惠子</u>無法知道<u>莊子</u>是否真的知道魚兒快樂。

5. (i) 不會知道<u>莊子</u>的想法。

   (ii) <u>莊子</u>不是魚兒，

   (iii) 不會知道魚兒是否快樂。

6. (i) 汝安知魚樂

   (ii) <u>莊子</u>玩文字遊戲，用這句話來説明<u>惠子</u>早已知道自己是知道魚是快樂的，才來問他「知道」的原因，因此成功駁倒了<u>惠子</u>。

## ㉘ 張用良不殺蜂

### 語譯

　　<u>太倉</u>人<u>張用良</u>，一向討厭胡蜂刺傷人類，因此如果看到牠們，就會馬上擊打、殺死牠們。他曾經看到一隻會飛的昆蟲，撞向一張蜘蛛網上，蜘蛛非常快速地綁住了牠。忽然，一隻胡蜂飛來，刺傷蜘蛛，蜘蛛因而走避。接着，胡蜂多次口含着水，噴濕飛蟲，過了一段時間，飛蟲終於可以掙脱蜘蛛網離開。<u>張用良</u>因胡蜂的道義而感動，自從這件事後/自此就不再殺死胡蜂。

### 文章理解

1. (i) 快速/急速

   (ii) 多次

2. (i) 原文：　　　素　惡　胡蜂螫　人　　　。

   　　譯文：<u>張用良</u>一向討厭胡蜂刺傷人/人類。

   （「胡蜂」是動物名稱，雖然又稱為「馬蜂」、「黃蜂」，不過「胡蜂」也是常見的叫法，故此語譯時可以保留；「人」就是「人類」，語譯時可以保留，或者語譯為「人類」。）

   (ii) 原文：　　　自此　不復殺　蜂　　　。

   　　譯文：<u>張用良</u>自此就不再殺死胡蜂。

   （「自此」的原意是「自從這件事後」，不過今天我們還會使用「自此」這個詞語，因此語譯時可以保留；「不」是表示否定的副詞，古今通用，字義沒有改變，故此同樣可以保留。）

3. 因為他一向討厭胡蜂刺傷人類，如果看到牠們，就會馬上擊打、殺死牠們。

4. 他看到一隻小飛蟲，撞向一張蜘蛛網上，蜘蛛非常快速地綁住了牠。

5. (i) 錯誤

   (ii) 正確

6. (答案只供參考) 見義勇為

7. A. 隻

   B. 張

   C. 張用良

## ㉙ 張齊賢明察

語譯

　　張齊賢在家中舉行宴會，一個僕人偷竊了幾件銀器，然後藏在懷裏。齊賢在門簾後看見了，卻不過問。後來，齊賢擔任丞相，家中不少僕人都得到官職，可是這個僕人竟然沒有官職俸祿。

　　這個僕人因此趁着機會，不斷一邊跪拜，一邊告訴齊賢說：「我服侍丞相大人您的日子最長，卻只有我被遺忘了，為甚麼呢？」

　　齊賢同情地說：「你還記得那時候偷竊我的銀器嗎？我把這件事藏在心中三十年，沒有告訴別人，即使是你也不知道我這樣做。我作為丞相，晉升和罷免一眾官員，應該斥退奸佞、表揚忠良，怎麼膽敢把小偷推薦做官？我顧念你服侍我多年，現在給你三十萬銅錢。你離開這兒，另行選擇容身的地方吧。由於我已經揭發了你過去的事，你應該為自己感到羞愧，因此不能夠留下來了。」僕人十分震驚，只好跪拜道別，哭着離開。

文章理解

1. (i) 在

   (ii) 多次／不斷

2. 原文：汝宜　自　　　　　　愧　　，而　不可　留　也。

   譯文：你應該為自己（的所作所為）感到羞愧，因此不能夠留下來了。

   （「而」在這裏是表示因果關係的關聯詞，相當於「因此」，表示前句「自愧」（因偷竊而感到羞愧）是「不可留」的原因。）

3. 因為那個僕人服侍張齊賢的日子最久，可是其他僕人都得到官職了，自己卻一直沒有，擔心被張齊賢遺忘。

   （第一段「門下皆得班行，而此奴竟不沾祿」中的「而」是表示轉折關係的關聯詞，相當於「可是」。前句說張齊賢的僕人都得到官職，照理那位僕人應該也

有，事實上偏偏只有他不獲派官職，故此用「而」來表示轉折。）

4. 因為那位僕人曾經偷竊銀器，張齊賢身為宰相，應該斥退奸佞、表揚忠良，因此不能夠把一個小偷推薦做官。

5. D

（「濁」和「清」分別指「混濁」和「清澈」，看似是運用借代來表示「污水」和「清水」，可是「激濁揚清」這句實際上不是指「水」，而是用「水的品質」來比喻不同品性的人 —— 奸臣和賢臣，當中沒有本體（奸臣、賢臣）和喻詞，因此是運用了借喻。）

6. 這位僕人十分震驚，卻只好跟張齊賢跪拜道別，哭着離開。

（雖然張齊賢跟僕人提到「與錢三百千」，可是文章結局並沒有提到僕人帶着錢離開，故此不應寫進答案裏。）

7. （答案只供參考）

我不認同張齊賢的處理手法。張齊賢目睹僕人偷竊，卻息事寧人，本意是顧念主僕一場，可是對方未必會就此感恩，反而會變本加厲。

## ㉚ 多多益善

**語譯**

漢高祖 劉邦曾經隨便跟韓信討論一眾將領能力的強弱，都認為他們各有高下。高祖問韓信說：「像我的話，能夠帶領多少士兵？」韓信說：「陛下只能夠帶領十萬士兵。」高祖說：「對你來說，又如何呢？」韓信回答說：「我帶兵的話，越多就越好啊！」高祖笑着說：「你帶領的士兵越多越好的話，那為甚麼又會被我生擒？」韓信說：「陛下不能夠帶領士兵，卻善於統領將領，這就是我被陛下生擒的原因了。而且陛下的能力是上天授予，不是一般人能力所做到的。」

**文章理解**

1. (i) 統領

(ii) 幾多/多少

(ii) 你/您

2. 原文：　　　　　　　多多益善　　，（為）何 為　　　為我禽 ？

譯文：你統領的士兵越多越好的話，那為　甚麼　又會被我生擒？

（「益」在這裏解作「越」，「多多」就是「越多」；句中第一個「為」讀【胃】，是表示原因的介詞，「何為」是「為何」的倒裝，解作「為甚麼」或「因為甚麼

原因」；第二個「為」讀【圍】，是表示被動的介詞，相當於「被」；「禽」是「擒」的通假字，解作「生擒」、「捉住」。)

3. 劉邦只可以統領十萬士兵，他可以統領的士兵，卻是越多越好。

4. (i) 劉邦不善於統領士兵，卻善於統領將領，因而能夠生擒自己。

   (ii) 劉邦統領將領的能力是上天賜予的，其他人做不到，因而只有他才能生擒自己。

5. (i) 無從判斷

   (文章沒有具體提到任何有關其他將領統領士兵的評價。)

   (ii) 錯誤

   (韓信說的「所謂天授，非人力也」是指劉邦的能力，並無提及統一天下。)

6. D

   (「而善將將」中的第二個「將」讀【醬】，解作「將領」。句子 A「出郭相扶將」中的「將」讀【張】，解作「扶持」；句子 B「將荆州之軍」中的「將」雖然也是讀【醬】，卻是解作「統領」；句子 C「予將有遠行」中的「將」讀【張】，解作「將要」。句子 D「一裨將陣回」裏的「裨」讀【皮】，解作「副級」，換言之，後面的「將」應該讀【醬】、解作「將領」，與題目詞語同義，因此是答案。)

## ③ 危如累卵

**語譯**

　　晉靈公下令建造一座九層高的樓臺，花費的金錢非常多。他告訴隨從説：「有膽敢勸阻我的人，就斬殺他！」大臣孫息於是進言説：「我能夠堆疊十三隻棋子，再在上面加上九隻雞蛋。」晉靈公説：「我沒有讀過甚麼書，未曾見過這種玩意，你就為我表演吧。」

　　孫息馬上把棋子放在下面，然後在上面加上九隻雞蛋。身邊的大臣十分懼怕，靈公的手和腳伏在地上，呼吸都停了下來。靈公説：「危險啊！危險啊！」孫息説：「我認為這並不危險，還有比這更危險的事情。」靈公説：「我想看看它。」孫息説：「九層的樓臺，三年興建不成的話，男子不能夠耕作，女子不能夠織布，國家的庫房變得不充實，住戶和人口減少，官員和百姓會背叛和推翻國家，鄰近國家會謀劃戰爭，調動軍隊打仗。國家一旦滅亡，您還有甚麼寄望？」靈公説：「我的過錯，竟然去到這個地步！」於是馬上拆毀那座九層的樓臺。

**文章理解**

1. (i) 隨從／侍從／近臣

（「左右」不可以單純理解為「左邊」和「右邊」，必須合起來理解。一旦合起來理解，這個詞語就可以解作「身邊」，也可以解作君主「身邊」的大臣——隨從或近臣。）

(ii) 懼怕

（「慴懼」由「慴」和「懼」組成，兩個字都解作「懼怕」，因此可以合起來理解，只取其中一個意思。）

2. 原文：臣謂　是　不危　也，復有　　(此)　　危　此者　　　。
譯文：我認為這並不危險　　，還有比　這　更危險　的事情。

（前句的「是」用作指示代詞，與「此」同義，都解作「這」；後句的「危此」省略了表示比較的介詞「於」，「危於此」就是「比這更危險」。）

3. C

4. (i) 女子不能夠織布

(ii) 國家的庫房變得不充實，住戶和人口減少

（「空虛」由「空」和「虛」組成，兩個字都解作「不充實」，因此可以合起來理解，只取其中一個意思；至於「戶口」則需要分開來理解，分別指「住戶」和「人口」。）

(iii) 謀劃戰爭，調動軍隊打仗

（「謀議」由「謀」和「議」組成，兩個字都解作「謀劃」，因此可以合起來理解，只取其中一個意思。）

5. B

## ㉜ 永某氏之鼠

**語譯**

　　永州有一個人，害怕觸犯忌日，忌諱也特別多。他認為自己出生那年正值子年，而老鼠，是子年的生肖神，那個人因而喜愛老鼠，不但不養貓狗，還告誡僕人不要捕殺老鼠。家裏的糧倉和廚房，都放縱老鼠橫行，從不過問。因此一眾老鼠互相通報，紛紛到這個人家裏，每頓吃得飽飽的，卻沒有危險。結果，這個人家裏沒有一件完整的器具，衣架沒有一件完好的衣服，平時吃喝的大概都是老鼠吃剩的東西。白天，老鼠成羣結隊與人並排行走；晚上，就偷偷咬爛東西、互相打鬥，牠們的聲音各種各樣，使人不能夠入睡，可是這個人始終都不感到厭惡。

幾年後，這個人搬家到別的地方。後來有人搬到這間屋子居住，老鼠為患的情況像之前一樣。這個人說：「這是在暗處出沒的物種、有害的動物，偷竊、打鬥的情況特別嚴重，卻是甚麼原因導致這個地步呢？」這個人於是借來五、六隻貓，關上房門，搬走瓦器，用水灌洞，並僱用僕人用網圍捕老鼠。被殺死的老鼠多得像小山，這個人把牠們丟棄到隱蔽的地方，臭氣要幾個月後才消散。唉！老鼠還以為牠們吃得飽飽卻沒有危險，是可以長久的呢！

**文章理解**

1. (i) 大概/大抵

   (ii) 消散/消失

2. 原文：是　　陰　　　　類　　，　惡　　物　也。

   譯文：這些在暗處出沒的物種，是有害的動物　　。

   （句子屬「……，……也」句式的肯定句，前句是要說明的事物，後句是相關說明。前句「是陰類」中的「是」並非用作判斷的動詞，而是指示代詞，相當於「這些」，「陰類」解作「在暗處出沒的物種」，也就是文中的老鼠；後句「惡物」是指「有害的動物」，末句的「也」是語氣助詞，無需語譯，卻要在兩句之間補回表示判斷的動詞「是」。）

3. （以下答案，任選兩項）

   他從不養貓狗。／他告誡僕人不許捕殺老鼠。／他家裏的糧倉、廚房，都放縱老鼠橫行，卻從不過問。

4. （以下答案，任選兩項）

   家裏沒有一件完整的器具。／衣架沒有一件完好的衣服。／永某氏平時吃喝的大都是老鼠吃剩的東西。／老鼠在白天成羣結隊與人並行。／一到晚上，老鼠偷咬東西、互相打鬥，弄出各種各樣的響聲，使人不能安睡。

5. （答案只供參考）

   (i) 闔門：關好門窗，是為了防止老鼠逃走，或讓外來的老鼠進入。

   (ii) 撤瓦：揭開屋頂瓦片，是為了讓室內一覽無遺，方便滅鼠。

   (iii) 灌穴：用水灌進老鼠洞裏，是為了淹沒牠們的容身之所，杜絕根源。

6. (i) 彼以其飽食無禍為可恆也哉！

   (ii) 老鼠倚仗永某氏的放縱，以為吃得飽飽卻沒有危險，是可以長久的。

   （「飽食無禍為可恆也」是一個判斷句，當中「飽食無禍」是老鼠所處的狀態，「為」是表示判斷的動詞，相當於「是」，「恆」解作「永恆」、「長久」。）

## ㉝ 大樹將軍

　　馮異做人處事謙虛退讓，不會誇耀自己。出行時，與一眾將軍相遇，總會拉開馬車，讓出道路。軍隊前進、休息，都有標明旗幟，在軍隊的各部隊中被稱為最有紀律。每到達駐扎的地方，一眾將軍坐在一起，討論軍功時，<u>馮異經常獨自匿藏到大樹下</u>，軍隊裏因而稱呼他為「大樹將軍」。直到攻破邯鄲，軍隊於是調配屬下一眾將領，各自有隸屬的士兵。軍中士兵們都說願意跟隨大樹將軍，<u>漢光武帝因為這樣而讚揚他</u>。

**文章理解**

1. (i) 誇耀自己

　 (ii) 直到

　 (ii) 讚賞/讚揚

2. 原文：　　乃　更　部分諸　將　，各　有配隸　　　。

　 譯文：軍隊於是調配屬下一眾將領，各自有隸屬的士兵。

　 (「更」在這裏解作「更換」、「調動」；「部分」不是指「一部分」，而是指「屬下」；「配隸」解作「隸屬」；「各」是範圍副詞，表示「各自」，意指被調配的將軍「每個人各自有自己隸屬的士兵」。)

3. 因為馮異的軍隊不論是前進，還是休息，都有旗幟來標明。

　 (「軍中號為整齊」中的「整齊」是指「有紀律」，由此可以推敲前句內容應該是當中的原因。)

4. (i) 總會拉開馬車，讓出道路。

　 (ii) 一眾將軍坐在一起，討論軍功。

　 (iii) 經常獨自匿藏到大樹下。

5. C（「屏」在這裏解作「匿藏」。)

6. 士兵們都說願意跟隨馮異/大樹將軍。

　 (「俱」是範圍副詞，表示「全部」、「都」；「屬」解作「跟隨」。)

## ㉞ 管鮑之交

　　管仲説:「我起初家境貧困時,曾經與鮑叔牙做生意,到平分利潤時,我卻給自己多一點,鮑叔牙卻不認為我貪婪,因為他知道我生活貧困。我曾經替鮑叔牙謀劃事情,最終弄得一團糟,鮑叔牙卻不認為我愚蠢,因為他知道時機有順利和不順利的時候。我曾經三次當官、三次都被主上趕走,鮑叔牙卻不認為我沒有才能,因為他知道我沒有碰上好時機。我曾經三次打仗、三次都臨陣逃走,鮑叔牙卻不認為我膽小,因為他知道我家中有年老的母親要奉養。後來公子糾奪位事敗,召忽為他犧牲,我卻被囚禁在獄中,受到侮辱,鮑叔牙卻不認為我沒有廉恥之心,因為他知道我不會為微不足道的事情而羞愧,反而會因為功績、名譽不能向世間顯耀而羞恥。生下我的人,是父母親;了解我的人,是鮑叔牙呢!」因此,世間上的人不讚賞管仲的賢德,反而讚賞鮑叔牙能夠賞識別人。

**文章理解**

1. (i) 做生意/經商

   (ii) 讚賞

2. 原文:生　我者　　　父母,　知　我者　　　鮑子　也!

   譯文:生下我的人,是父母親;了解我的人,是鮑叔牙呢!

3. (下列三組答案,任選兩項)

   管仲的失敗:曾經替鮑叔牙謀劃事情,最終弄得一團糟。

   鮑叔牙看法:不認為管仲愚蠢,他知道時機有順利和不順利的時候。【或】

   管仲的失敗:曾經三次當官、三次都被主上趕走。

   鮑叔牙看法:不認為管仲沒有才能,他知道管仲只是沒有碰上好時機。【或】

   管仲的失敗:曾經三次打仗、三次都臨陣逃走。

   鮑叔牙看法:不認為管仲膽小,他知道管仲家中有年老的母親要奉養。

   (留意題目的關鍵詞句「被監禁前」和「經歷多次失敗」,故此不能提及管仲被監禁一事,也不能提及管仲做生意一事,因為文章沒有提及管仲經歷生意失敗。)

   (「鮑叔不以我為愚」、「鮑叔不以我為不肖」、「鮑叔不以我為怯」三句皆屬「以⋯⋯為」句式,當中「以」解作「認為」,「為」解作「是」,故此「不以我為⋯⋯」就是相當於「不認為我⋯⋯」。)

4. (答案只供參考)鮑叔牙説管仲希望功績、名譽能夠向世間顯耀,因此不肯輕生,反而在監牢裏等候時機。

（管仲說鮑叔牙知道自己「恥功名不顯于天下」，就是當中的證據。）

5. (i) 無從判斷

(ii) 錯誤

## ㉟ 馬說

**語譯**

　　這世上先有伯樂，然後才有千里馬被發現。千里馬經常出現，可是伯樂卻不經常出現。故此，即使出現了著名的馬匹，卻只能糟蹋在奴隸手上，與一般馬匹一同死在馬房裏，不能用「千里馬」稱呼牠們了。

　　千里馬一頓也許會吃光一石穀物。餵飼馬匹的人並不知道牠們能夠日行千里，因此只給予小量穀物。這樣的馬，即使有行走千里的能力，可是一旦吃不飽，力氣就不足夠，才華和外觀都不能表現出來，那麼想牠們跟一般馬匹有同樣能力，尚且不可以做到，又怎可以要求牠們能夠行走千里呢？

　　這些平庸之輩，不用那正確的方法來鞭策牠們；雖然餵飼了牠們，卻不能夠充分發揮牠們的才能；牠們嘶鳴，卻不能夠知道牠們的意思。這些人卻竟然拿着馬鞭，站在千里馬跟前說：「天下沒有千里馬啊！」唉！難道世上真的沒有千里馬嗎？恐怕是他們真的不了解千里馬啊！

**文章理解**

1. (i) 在

(ii) 牠們/千里馬

（「求」是「動詞」，解作「要求」；「能」也是動詞，解作「能夠」，「能千里」就是「能夠日行千里」；中間的「其」是代詞，所指代的是「千里馬」，相當於「牠們」。因此「求其千里」，就是「要求牠們能夠日行千里」。）

2. 原文：其　　真　無　馬　邪？其　　真　不　知　馬　也！

譯文：難道世上真的沒有千里馬嗎？恐怕他們真的不了解千里馬啊！

（「其」可以用作副詞，表示反詰和推測的語氣，相當於「難道」和「恐怕」。題目前句感歎千里馬明明在眼前，卻被平庸之輩忽視，故此「其真無馬邪？」是反問句，以反詰的語氣，訴說世上並非沒有千里馬，故此「其」解作「難道」；題目後句則是回應前句的詰問，並提出疑似的答案——平庸之輩真的不了解千里馬，故此「其」帶有推測的成分，相當於「恐怕」。）

3. 餵飼千里馬的人不知道牠們是千里馬，於是只給予不足一石的穀物，結果千里馬

吃不飽，力氣就不足夠，才華和外觀都不能表現出來，最終不能日行千里。

4. (i) 策之不以其道：不用那正確的方法來鞭策千里馬。

(ii) 雖然餵飼了千里馬，卻不能夠充分發揮牠們的才能。

(iii) 鳴之而不能通其意：千里馬嘶鳴，卻不能知道牠們的意思。

（「道」解作「方法」，「其」本身是代詞，相當於「那」，當與「道」結合時，字面解作「那方法」，可以理解為「那正確的方法」；「材」和「意」分別解作「才能」和「意思」，都是屬於千里馬的，因此後兩句的「其」，都解作「牠們的」。）

5. (i) 韓愈

(ii) 千里馬

(iii) 伯樂

(iv) 能發掘自己的才華，卻不常遇見。

(v) 朝中平庸之輩

(vi) 未能發掘、甚至是埋沒自己的才華。

### ㊱ 一行不徇私情

**語譯**

　　起初，一行禪師年幼的時候家境貧窮，鄰居有位姓王的老太太，前前後後用了大約幾十萬錢來救濟他，一行禪師經常想報答她。

　　直到開元年間，一行禪師承蒙唐玄宗尊貴的待遇，他的說話玄宗是沒有不認同的。不久，碰巧王老太的兒子犯上殺人罪，案件還未判決。王老太前往找一行禪師，請求他救助，一行禪師說：「王老太，您如果要黃金絲綢，我自然應當用十倍的數目來報答；可是皇上要執行法令，我卻很難去用人情來請求免罪。我可以怎樣做？」王老太屈曲手臂，伸出食指，大聲責罵說：「我當初認識你這個僧人有甚麼用？」一行禪師因而向她道歉，王老太離開時，始終沒有回頭看一行禪師。

**文章理解**

1. (i) 承蒙／接受／得到

(ii) 前往／前去

2. 原文：姥 要金帛， 當 十倍 酬 也。

譯文：王老太，您如果要黃金絲綢，我自然應當用十倍的數目來報答 。

（「金」就是「黃金」，可是語體文不能用單字詞來表示，因此要擴充成「黃金」或「金子」；「當」是一個多義詞，可以解作「應當」、「當時」、「當上」等，根據文意，應該解作「應當」，故此要擴充成兩字詞「應當」。）

3. 因為一行禪師年幼時家境貧窮，王老太前前後後用了大約幾十萬錢來救濟他。

4. 因為一行禪師得到唐玄宗的厚待，他的說話玄宗是沒有不認同的，因此她希望一行禪師可以在玄宗跟前求情。

5. 他說皇上要執行法令，依法治罪，他是不能用人情來請求他免罪。

6. (i) 錯誤（「王姥戟手大罵曰」中的「大」是指「大聲」，不是「大力」。）

   (ii) 正確（「終不顧」中的「顧」是解作「回頭望」。）

7. C

   （「謝」是多義詞，有多個解釋。一行禪師不能答應王老太的請求，由此可以知道他是語帶歉疚的。）

## ㊲ 良桐

**語譯**

　　工之僑發現了一塊優質的桐木，經過砍削後，製成了一張古琴；再配上琴弦，繼而彈奏它，結果發出金屬般清脆的琴聲，還有玉石般優雅的回音。他自行認為這是世界上音質最優美的古琴了，於是把它獻給太常。太常派遣國家級工匠，來鑑定這張古琴。鑑定後，工匠說：「這不是古琴。」太常因而把古琴退還給工之僑。

　　工之僑回家後，就跟油漆工匠商量這件事，請他在古琴上漆出了斷裂的花紋；又跟刻字工匠商量這件事，請他在古琴上刻上古老的題字；繼而把古琴藏在盒子裏，然後埋在地下。滿一年後，工之僑把古琴掘出來，再把它拿到市集去。一位聲望顯赫的人路過市集時，發現這張古琴，於是用百兩黃金購買它。這個人把古琴獻給朝廷，負責音樂的官員互相傳來鑑定，大家都說：「這是世間少有的珍寶啊！」

　　工之僑知道這件事後，就感歎地說：「這樣的世道太可悲了！」

**文章理解**

1. (i) 砍削

   (ii) 滿一年

   (iii) 前往

2. 原文：　　貴　　　人過　　而　　　見之　　　。

   譯文：一位聲望顯赫的人路過市集時／的時候，發現這張古琴。

   （「貴」在這裏解作「聲望顯赫」或「有地位」；「過」解作「路過」，「見」解作「發現」，根據句意，「過」和「見」這兩個動作是同時發生的，因此可以把「而」譯作「時」或「的時候」。）

3. (i) 油漆工匠

(ii) 在古琴上漆出斷裂的花紋。

(iii) 在古琴上刻上古老的題字。

(iv) 讓琴變得古色古香，得到別人的垂青。

4. 一位聲望顯赫的人在市集用百兩黃金購買了這張琴，然後把它獻給朝廷，官員鑒定後都說那是世間少有的珍寶。

5. 那是因為古琴經過改造，變得古色古香，讓人誤以為它真的是古琴。故事反映了現實中有些人單憑人或事物的外表下判斷，卻不看他們的內涵和實際能力。

6. C

（句子 A「斲而為琴」解作「經過砍削後，製成了一張古琴」，當中的「而」解作「然後」；句子 B 的「弦而鼓之」解作「配上琴弦，繼而彈奏它」，當中的「而」也是解作「然後」；句子 D 的「匣而埋諸土」解作「把古琴藏在盒子裏，然後埋在地下」，當中的「而」亦解作「然後」。唯獨句子 C 中的「而」是用於並列複句的連詞，解作「還有」，「金聲而玉應」就是指「發出金屬般清脆的琴聲，還有玉石般優雅的回音」。）

## ㊳ 娘子軍

**語譯**

　　唐高祖 李淵的第三個女兒還未顯達時，就嫁給了柴紹。後來唐高祖 李淵發動正義的軍隊反隋，柴紹因而跟妻子商量說：「你父親想平定天下，而我想投奔義軍。我們一起離開的話，是不可行的；可是我獨自離開的話，又恐怕日後給你帶來禍患，應該怎樣做呢？」他的妻子說：「你應該馬上離開。我一個婦女，到時會另行自己想出辦法的。」

　　柴紹立刻祕密趕往太原，投奔高祖；他的妻子就返回鄠縣，用盡家裏積蓄，組建軍隊，來響應高祖，招募到七萬名士兵，和唐太宗 李世民一同圍攻首都大興，這支軍隊的名字叫做「娘子軍」。平定京城後，她被冊封為平陽公主。她死後，下葬時特別用上朝廷的儀仗樂隊，吹奏葬歌，來犒賞她在軍中的功勞。

**文章理解**

1. (i) 商量

(ii) 應該（今天甚少用「宜」來表示「應該」，故此要用上「換」這語譯方法。）

2. (i) 原文：唐高祖　　第三女　微　時　嫁　柴紹。

譯文：唐高祖 李淵的第三個女兒還未顯達時，就嫁給了柴紹。

（「微」可以理解為「地位卑微」，可是李淵還未成為皇帝時，既是貴族唐國公，更是隋煬帝的表哥，因此不可以用「卑微」來形容他和平陽公主，可以用上「換」這語譯方法，把「卑微」換作「還未顯達」。）

(ii) 原文：　　　　　與太宗　　　　　具　圍　京城　　　。

譯文：平陽公主和唐太宗 李世民一同圍攻首都大興。

（「具」在這裏讀【驅】，是「俱」的通假字，表示「一同」，因此要用上「換」這語譯方法，把「具」譯作「一同」；至於「京城」就是「首都」，既可以用上「留」這方法，保留原詞，也可以用上「換」這方法，譯作「首都」，以切合今天的語境。）

3. 柴紹一方面憂慮不能與妻子同行，一方面憂慮自己獨自離開的話，日後會給妻子帶來禍患。

（「後害」就是「後患」，即「日後的禍患」。）

4. 平陽公主待柴紹離開後返回鄠縣，用盡家裏的積蓄組建軍隊，來響應高祖。

（「貲」是指「財產」，今天不會直接用「貲」來表示，因此只能用上「換」這方法，譯作「積蓄」或「財產」。）

5. (i) 無從判斷

(ii) 錯誤

（「娘子」在這裏不是解作「妻子」，而是解作「女性」。由於這支軍隊的首領是平陽公主，因此被稱為「娘子軍」。）

6. 巾幗不讓鬚眉（「巾幗」借指女性；「鬚眉」借指男性。）

## ㊴ 孟子受金

**語譯**

　　陳臻問老師孟子説：「前陣子在齊國，齊王贈送了一百鎰上等黃金給老師您，您卻不肯接受；在宋國，宋君贈送了七十鎰黃金，老師您卻接受；在薛國，薛君贈送了五十鎰黃金，老師您也接受了。如果以前不接受黃金是正確的話，那麼現在接受黃金就是錯誤的；反之，如果現在接受黃金是正確的話，那麼之前不接受黃金就是錯誤的。在接受和不接受這兩件事之間，老師肯定有一件事是做錯的。」

　　孟子説：「接受和不接受黃金都是正確的。那時在宋國，我將要前往遠地。對於遠行的人，對方必定會送上餞行禮物，宋君送別時説：『送上餞行禮物。』我為甚麼不接受？那時在薛國，我聽聞有人想傷害我，所以有防備意外的想法。薛君送別時説：『我聽聞你要防備意外。』故此他送上黃金，作為兵器費用。我為甚麼不接受？

至於在齊國，我卻沒有理由無端接受餽贈。別人沒有理由就送我黃金，這是收買我呢！怎麼會有君子可以用金錢收買的呢？」

## 文章理解

1. (i) 贈送/餽贈

   (ii) 告辭/辭別

2. 原文：焉 有君子而可 以貨 取 乎？

   譯文：怎麼會有君子 可以用金錢收買的呢？

   （「貨」的本義是「金錢」，文章「是貨之也」中的「貨」字詞性出現了變化，臨時被用作動詞，解作「收買」；至於「焉有君子而可以貨取乎」中的「取」解作「收買」，而「以」是介詞，解作「用」，換言之，句中的「貨」就是本義「金錢」。）

3. A. 鎰

   （由於文章開首出現了「餽兼金一百鎰」，故此後文「餽七十而受」、「餽五十而受」這兩句都出現了量詞省略：「鎰」都被省略了。）

   B. 處

   （陳臻看見孟子拒絕齊王的黃金，卻接受宋君和薛君的黃金，因而認為是前後矛盾的表現，換言之，不論是接受，還是拒絕，都總有「一處」地方出錯。「夫子必居一於此矣」中的「一」實際上是「一處」的略寫，當中的「處」相當於「個」，用作「地方」的量詞。）

4. (i) 七十鎰

   (ii) 孟子要離開宋國，黃金可以用作旅費

   (iii) 接受

   (iv) 五十鎰

   (v) 有人想侵害孟子，黃金是用來購買兵器

   (vi) 接受

   (vii) 一百鎰

   (viii) 沒有原因

   (ix) 拒絕

5. 準則是有沒有正當的理由。宋君贈送黃金，是用作餞行；薛君贈送黃金，是基於安全，都是正當理由，孟子自然接受；相反，齊王沒有理由就贈送黃金，在孟子眼中是賄賂的表現，因此拒絕了。

6. (i) 正確

(薛君告別時說「聞戒」，就是聽聞孟子會被侵害，所以送上黃金。「為兵餽之」就是說讓孟子用黃金來購買兵器防身。)

(ii) 無從判斷

(「無處而餽之，是貨之也」只是孟子的個人判斷，卻不代表齊王真的想收買孟子。)

## ㊵ 狗猛酒酸

**語譯**

　　宋國有一個賣酒的人，量酒的容器十分公平準確，遇上客人時十分恭敬，釀製的酒十分香醇，店外懸掛的旗幟十分高，事實上酒卻是一直賣不出去，因此店主的酒都變酸了。店主對當中原因感到疑惑，於是請教他所認識、同住一條里巷的老人家楊倩。

　　楊倩問：「你養的狗兇惡嗎？」店主回答說：「我的狗很兇惡，那麼跟我的酒賣不出去有甚麼關係呢？」楊倩說：「人們懼怕你的狗啊。有人叫孩子帶着金錢、酒壺前來買酒，可是你的狗卻上前，並且咬傷那孩子，從此再沒有人前來。這就是你的酒變酸、賣不出去的原因了。」

　　國家也有惡狗，有學問的賢人，帶着他們的治國本領前來，希望藉此說服大國的君主，可是奸臣卻像惡狗一樣，上前咬傷他們。這就是君主被蒙蔽、挾持，那些有學問的賢人不能被任用的原因了。

**文章理解**

1. (i) 當中

(ii) 他們/有道之士

(「齕」從「齒」部，「齒」就是「牙齒」，根據「形」這種解字方法，從「齒」部的字，應該是指跟牙齒有關的動作，可以推敲「齕」就是指「咬」，是動詞；後面的「之」緊隨「齕」的後面，根據「性」這種解字方法，緊隨動詞後面的「之」，一般是表示賓語的代詞，根據文意，大臣所「咬」的是「有道之士」，因此「之」在這裏就是指他們。)

2. 原文：或　令孺子懷　錢　挈　壺甕而往　　　。

　　譯文：有人叫孩子帶着金錢　、酒壺　前來買酒。

（「子」的本義是「孩子」，「孺」從「子」部，大抵都跟「孩子」有關，「孺子」解作「孩子」，正是運用了「形」這種解字方法；「挈」從手部，應該跟「手部」動作有關，去買酒，自然要「帶同」金錢和酒壺，因此「挈」就是解作「帶同」，同樣可以運用「形」這種解字方法；「酤」可以解作「買酒」，也可以解作「賣酒」，小孩帶同金錢和酒壺，很明顯就是前往「買酒」，故此「酤」在這裏解作「買酒」，是運用了「句」這種解字方法。）

3. (i) 量酒的容器十分公平準確。

　 (ii) 遇上客人時十分恭敬。

　 (iii) 釀製的酒十分香醇。

　 (iv) 店外懸掛的旗幟十分高。

　 （「縣幟甚高」的「幟」解作「旗幟」，而「縣」與「懸」相通，因為彼此讀音相近（分別讀【願】和【圓】），而且擁有相同的部件「縣」，因此可以運用「音」這解字方法，去推敲出「縣」在文中的意思——懸掛。）

4. 因為宋人在酒舖裏所養的狗十分兇猛，有孩子前來買酒，店中的狗便會上前，咬傷孩子，結果再沒有人前來買酒，生意就自然冷清。

5. 文中的小孩和有道之士都有備而來，小孩帶備了金錢和酒壺，有道之士則帶着知識。他們的遭遇也一樣，小孩被店中的狗趕走，有道之士就被朝中奸臣驅趕。

# 全書文言知識索引

| 文言知識 | | 課次 | | |
|---|---|---|---|---|
| | | 《初階》 | 《中階》 | 《高階》 |
| 字詞音義 | 多義詞 | 1 | 1 | 18 |
| | 古今異義 | 35 | 28 | 16 |
| | 多音字 | 2 | 40 | 15 |
| | 「通假字」和「古今字」 | 14 | 38 | — |
| | 雙音節詞 | — | — | 31 |
| 代詞 | 第一人稱代詞 | 21 | 16 | 27 |
| | 第二人稱代詞 | 37 | 16 | 27 |
| | 第三人稱代詞 | — | 21 | 27 |
| | 表示「這」的指示代詞 | 20 | — | — |
| | 文言疑問代詞 | — | 11 | |
| 助詞 | 表示眾數的助詞 | — | 26 | — |
| | 語氣助詞 | 12、13、26 | 6、39 | 12、14 |
| 副詞 | 程度副詞 | 8 | 2 | — |
| | 時間副詞 | 22 | — | — |
| | 頻率副詞 | 31 | — | — |
| | 範圍副詞 | — | | 33 |
| | 表示「全部」的副詞 | 15 | | — |
| | 表示「否定」的副詞 | 4 | 9 | |
| | 表示「疑問」的副詞 | — | — | 10 |

| 文言知識 | | 課次 | | |
|---|---|---|---|---|
| | | 《初階》 | 《中階》 | 《高階》 |
| 連詞 | 文言連詞（並列） | 24 | — | 37 |
| | 文言連詞（承接） | 24 | 5、23 | 37 |
| | 文言連詞（遞進） | — | 23 | — |
| | 文言連詞（因果） | 9 | 5 | — |
| | 文言連詞（轉折） | 24 | 12 | 4、21 |
| | 文言連詞（假設） | 9 | 5、12 | 4 |
| | 文言連詞（選擇） | 25 | 30 | — |
| | 文言連詞（取捨） | 25 | 30 | — |
| | 文言連詞（目的） | 25 | — | 21 |
| 詞性活用 | 詞性活用 | 7 | 17、35 | 3 |
| | 使動用法 | — | 10 | 25 |
| | 意動用法 | 30 | 19 | 25 |
| 字詞專論 | 虛詞「之」 | 10、33 | 7 | 24 |
| | 虛詞「也」 | 6 | — | — |
| | 虛詞「者」 | 23 | 36 | |
| | 虛詞「於」 | 27 | 29 | — |
| | 虛詞「而」 | 34 | 3 | 29 |
| | 虛詞「其」 | 11 | 31 | 35 |
| | 虛詞「所」 | 16 | — | — |
| | 虛詞「以」 | 36 | 25 | 22 |
| | 虛詞「或」 | 5 | — | — |
| | 虛詞「然」 | — | 13 | — |
| | 虛詞「遂」 | — | 27 | — |
| | 虛詞「為」 | | | 30 |
| | 虛詞「所以」 | — | 4 | — |
| | 敬辭及謙辭「請」 | 28 | | — |
| | 「陰」與「陽」 | — | — | 23 |
| | 兼詞 | — | — | 19 |

| 文言知識 | | 課次 | | |
| --- | --- | --- | --- | --- |
| | | 《初階》 | 《中階》 | 《高階》 |
| 句式 | 文言肯定句 | — | — | 32 |
| | 文言疑問句 | — | — | 13 |
| | 文言被動句 | — | 8、33 | — |
| | 「孰與……」句式 | — | — | 1 |
| | 「以……為」句式 | — | — | 34 |
| | 主語省略 | 3 | 14 | 5 |
| | 賓語省略 | 18 | 15 | 7 |
| | 介詞省略 | 17 | 20 | 2 |
| | 量詞省略 | — | — | 39 |
| | 倒裝句（狀語後置） | 29 | 37 | 8 |
| | 倒裝句（介賓後置） | 32 | 37 | 17 |
| | 倒裝句（謂語前置） | — | 34 | 20 |
| | 倒裝句（賓語前置） | 32 | 34 | 8 |
| 聲韻 | 四聲 | 19 | — | |
| | 平仄與對仗 | — | 32 | — |
| 解字與語譯 | 對譯 | — | | 26 |
| | 解字六法——形 | 38 | — | 40 |
| | 解字六法——音 | — | 18 | 40 |
| | 解字六法——義 | 40 | | 40 |
| | 解字六法——句 | 39 | — | 40 |
| | 解字六法——性 | — | 24 | 40 |
| | 解字六法——位 | — | 22 | 40 |
| | 語譯六法——留 | — | | 28 |
| | 語譯六法——組 | — | | 36 |
| | 語譯六法——換 | — | | 38 |
| | 語譯六法——調 | — | | 9 |
| | 語譯六法——刪 | — | — | 11 |
| | 語譯六法——補 | | | 6 |

| | | |
|---|---|---|
| 策劃編輯 | | 梁偉基 |
| 責任編輯 | | 張軒誦 |
| 書籍設計 | | 道　轍 |

| | | |
|---|---|---|
| 書　　名 | | **讀寓言·學古文**（高階） |
| 著　　者 | | 田南君 |
| 插　　圖 | | 廖鴻雁 |
| 出　　版 | | 三聯書店（香港）有限公司 |
| | | 香港北角英皇道 499 號北角工業大廈 20 樓 |
| | | Joint Publishing (H.K.) Co., Ltd. |
| | | 20/F., North Point Industrial Building, |
| | | 499 King's Road, North Point, Hong Kong |
| 香港發行 | | 香港聯合書刊物流有限公司 |
| | | 香港新界荃灣德士古道 220-248 號 16 樓 |
| 印　　刷 | | 美雅印刷製本有限公司 |
| | | 香港九龍觀塘榮業街 6 號 4 樓 A 室 |
| 版　　次 | | 2022 年 3 月香港第一版第一次印刷 |
| 規　　格 | | 特 16 開（150 mm × 210 mm）240 面 |
| 國際書號 | | ISBN 978-962-04-4935-2 |

© 2022 Joint Publishing (H.K.) Co., Ltd.

Published & Printed in Hong Kong